元貴族令嬢で未婚の母ですが、娘たちが可愛すぎて冒険者業も苦になりません

Author 大小判 まろ Illustration

TOブックス

Contents

Illustration◆まろ　Design◆小久江厚＋アオキテツヤ(musicagographics)

プロローグ

『なんて悍《おぞ》ましい髪と目なの⁉』

実の母から最初に向けられたのは、化け物を見るような目と侮蔑《ぶべつ》の言葉だった。

聖剣を持つ勇者から大陸を恐怖で支配したドラゴン、類稀《たぐいまれ》な才覚で大国を築いた賢君に夜を支配した吸血鬼と、実在する人物や怪物たちが巻き起こしてきた伝承は数多く存在するが、帝国貴族にとって最も有名で不吉とされるのが、白髪鬼《はくはつき》の逸話だ。

三百年も昔の話、平民の犠牲を厭《いと》わない上流階級の支配を打ち破ろうとし、帝国領土の七割以上を制圧した革命家が、白髪と左右で異なる色の眼を持って生まれたという。

まんまと革命を成功させた民間の英雄である白髪鬼は、多くの既得権益を手放さざるを得なくなった貴族にとって、まさに悪魔同然の怪物だったのだ。

結果、貴族そのものは生き残ったが、彼らの間で白髪と虹彩異色症《オッドアイ》は蛇蝎《だかつ》の如く嫌われ、能力や性格に関係なく疎《うと》まれる存在となった。

そんな帝国の大貴族、アルグレイ公爵《こうしゃく》家に白髪と、紅色と蒼色の眼を持って生まれたのがシャーリィ・アルグレイだ。

白髪かオッドアイなら血の繋がった実の子ですら蛇蝎の如く嫌う貴族、その名門であるアルグレイ家にとって、忌むべき要素を両方備えたシャーリィは、まさに呪われた子である以外何者でもない。

下級貴族にすら嘲笑《ちょうしょう》され、揶揄《やゆ》される苛立ちは全てシャーリィに向けられた。昔なら貴族は気に入らない子供を遺棄しても問題はなかったが、革命の影響で貴族も等しく法で裁かれるようになったせいでそれも叶わず、屈辱と共に養うしかないアルグレイ家。

しかしシャーリィにとっては、捨てられた方がまだ幸せだったのかもしれない。

両親や兄妹からその名を呼ばれることは無く、白髪《しらが》や化け物と侮蔑を込めて呼ばれ、貴族らしからぬみすぼらしい薄着を一年中着せられ、家族と高価な食事をとることも無く、何時も自室で貧民が食うような食事を与えられていた。

本来シャーリィを守るべき家族は彼女を八つ当たりの対象にし、屋敷に仕える使用人たちは保身を考え全員無関心。

些細《ささい》な失敗を犯せば激しく折檻《せっかん》され、何をしていなくても視界に入れば嘲笑と共に蹴り飛ばされる。

正《まさ》に劣悪と言っても差し支えない子供時代を過ごしたシャーリィだったが、それに反比例するかのように彼女は日々美しく育っていった。

元々、貴族以外には神秘的にも見える白髪は新雪のように輝き、左右で色が異なる瞳は紅玉と蒼玉を嵌《は》め込んだかのように輝きを放っている。

不幸な身の上であるがゆえにその姿は月のように儚く、触れれば消えてしまいそうなほどに幻想的だ。

そんなシャーリィを表面では侮蔑しながらも、本心では誰よりも嫉妬《しっと》に狂っていたのは一つ年下の妹であるアリスだった。

彼女も可愛らしい令嬢だが、どうしてもシャーリィには劣る。同じ両親から生まれたにも拘《かかわ》らず、自分よりも美しく育つシャーリィを、アリスは率先して虐《しいた》げた。

「あらごめんなさい、〝お姉様〟。食事を溢してしまったわ」

お姉様と、ありったけの皮肉を込めて呼ぶアリスの家庭内暴力はシャーリィの成長と共に日々エスカレートしていった。

シャーリィの食事を床にぶちまけて這い蹲《つくば》らせながら食べさせることなど可愛いもので、時には剣術ごっこと称して木剣で叩き続けるなど、洒落にならない事にまで及んだ。

一切の悪気無く暴虐を繰り返す純真ほど凶悪なものはない。それを諫《いさ》める者が居なければ尚のこと。

かたや呪いの子として家庭内で虐げられ、かたや家族の寵愛《ちょうあい》を一身に受ける末娘。倫理に反したとしても、忌むべき証である白髪とオッドアイが彼らにとっての免罪符となっていた。

僅か十一歳にして人生に疲れたシャーリィ。屋敷の裏庭で膝を抱えて静かに泣き、いっそのことこのまま消えてしまいたいと思い詰めていた時、頭上から聞き慣れない少年の声が聞こえてきた。

「君、そんなところで何をしている」

皇太子、アルベルト・ラグドール。それが彼の名前と身分だった。

当時シャーリィと同じ十一歳だった彼は父である皇帝と共に公爵家を訪問し、持て余した時間を使って屋敷を探検していた時、偶然彼女と出会ったのだ。

顔を上げて目が合った瞬間、既に完成された美を手に入れつつあったシャーリィに、アルベルトは一目で恋に落ちた。

そして白髪とオッドアイが理由で実の家族に虐げられていることをシャーリィが告げると、アルベルトはシャーリィの手を引いて皇帝の元へ走り出した。

「父上！　僕の婚約者はシャーリィにします！」

かくして、一目惚れの勢いに任せた宣言は、意外にもあっさりと受諾される。

身分が釣り合っていることもあるし、貴族が嫌う白髪とオッドアイも、かつて主君と担ぎ上げられながらも貴族の傀儡《くぐつ》となっていた時代に、かの革命家によって復権を果した皇帝家からは好意的だった。

問題があるとすれば貴族教育を受けていない事だったが、生まれて初めて自分を愛してくれる人を見つけたシャーリィは、それこそ血が滲《にじ》むほどの努力でそれらを体得していった。

それから八年間、彼女は幸せだった。

皇太子の婚約者となった長女には妹や家族は無暗《むやみ》に手を出すことは出来ず、シャーリィは聡明で絶世の美貌《びぼう》を持つ理想の淑女《しゅくじょ》として成長を遂げた。

自身も〝痛み〟を知るがゆえに他者の〝痛み〟を誰よりも理解している彼女は非常に心優しい女性となり、民衆は勿論、城に勤める使用人からの人気も高く、皇帝皇妃から信頼も厚い。

アルベルトとの仲も変わらず親密で、結婚を控えた夜に初めて抱かれた最愛の男から胎《はら》に注がれる熱を感じ、これ以上に無いほど幸福だった。

しかし、そんな絵に描いたようなシンデレラストーリーは純然たる悪意によって引き裂かれた。

八年の時を経て尚、妹のアリスは、その執着にも似た嫉妬を抱いていたのだ。

自分よりも美しい姉の存在が我慢ならなかった。

散々見下していた姉が自分を差し置いて皇族に迎えられることが我慢ならなかった。

そして何より、先にアルベルトを好きになったのは自分の方なのに、横から彼の心を奪った姉が憎らしかった。

「私はシャーリィ・アルグレイとの婚約を破棄し、代わりにその妹であるアリス・アルグレイとの婚約を宣言する!!」

始まりは、アルベルトと共に過ごす時間が徐々に短くなった事だった。

シャーリィ自身も、正式な婚姻を間近に控えて日々忙しなく動いていたために、アルベルトと会う時間が減ることに何の違和感も覚えていなかったが、アリスの陰謀《いんぼう》は既に始まっていたのだ。

「八年前のあの日、あの涙すら貴様の演技とは思いもよらなかった! 不特定多数の男との不貞《ふてい》だけで飽き足らず、実の妹であるアリスを幼少より虐げ続けるとは、その見た目とは裏腹になんて醜い女なんだ!」

アルベルトの腹心の騎士に地面に押さえつけられ、状況を理解できないまま、アルベルトと彼と腕を組んで寄り添うアリスを見上げる。

「い、一体どういうことですか、アルベルト様……? 私には身に覚えが……」

「私の名前を呼ぶな！　まったく、こんな女に愛を囁《ささや》いていたなど、我ながら反吐《へど》が出る！」

心底醜いものを見たと言わんばかりに吐き捨てる最愛の男。

「この期に及んで白を切るとは厚顔な女だ！　そんなに己の犯した罪を知りたいのなら教えてやる！」

曰く、幼少の頃からアリスを虐げた。

曰く、皇太子の婚約者でありながら、不特定多数の男と同衾《どうきん》を繰り返した。

曰く、隣国の間者と密通していた。

曰く、国家予算を着服した。

どれも身に覚えのない、事実無根《じじつむこん》の罪だ。

「わ、私……とても悲しいです、お姉様。小さい頃はたくさん苛められたけど、血の繋がった姉妹ならいつか解り合えるって信じてたのに」

アルベルト達には悲し気に涙を浮かべながら俯《うつむ》くアリス。地面に取り押さえられたシャーリィにだけは、酷く歪《いびつ》な勝ち誇った顔を見せた。

「こんなにも健気で心優しいアリスを実の姉でありながら……!!　貴様のような女は王妃に相応しくない！　誰よりも心優しいアリスこそが私の運命の人だ！」

妹を愛おしそうに抱き寄せる婚約者。涙を浮かべた瞳の中に優越感を覗かせるアリス。自身を忌々しげに見降ろす、この八年で絆を結んだと思っていた人々を見て、シャーリィはアリスに貶《おとし》められたことを確信した。

どんな手練手管《てれんてくだ》を使ったのかは分からない。だが現に、アリスはアルベルトの心を奪い、周囲の人間を味方に付け、シャーリィの信頼を地に貶めたのだ。

「そもそもここ数年、貴様の事が気に食わなかったんだ！　私よりも遅くから教育を受けている身でありながら、剣も勉学も作法も何もかもを越えられる気持ちが、貴様に分かるか⁉　お前のように男を立てることを知らない女が傍にいては、私の気が休まることは無い‼」

その言葉は、まさにシャーリィにとって止めの一言だった。

いつか皇妃となって、愛する人を支える為にしてきた努力の全てを否定され、二色の眼から涙が零れ落ちる。

「そ、そんな……何かの間違いです……！　冷静さを取り戻し、もう一度……もう一度だけ調べ直してください……！　お願い……！　私を信じて……ください……！　アルベルト様ぁ……！」

「黙れ！　貴様の言葉など聞きたくもない！　衛兵！　今すぐこの女を地下牢へと放り込め‼」

友愛を築いてきた大勢からの罵声を浴びながら、衛兵に乱暴に引き摺られる。

必死の懇願《こんがん》も拒絶され、煌《きら》びやかなドレスから囚人が着る薄汚い襤褸《ぼろ》に着替えさせられ、シャーリィは地下牢に投獄された。

「へへへ、この売国奴めぇ……今すぐ正直にさせてやる、よっ！」

「あああああああああああああっ‼」

バシィインッ！　と、拷問係が振るう鞭《むち》が鋭い音を鳴らし、白い肌に裂傷を刻む。

これまで受けたことのないような灼熱にも似た激痛に、シャーリィは堪《たま》らず悲鳴を上げた。

「おぉ！　良い悲鳴だぁ！　もっと俺を楽しませてくれよなぁっ！」

サディスティックな笑みを浮かべ、何度も何度も白い肢体《したい》に鞭を打つ。

こうなった理由はシャーリィには理解できた。拷問係がいるという事は、犯してもいない罪の自白を取ろうとしているということだ。

物証か自白が無ければ裁くことは出来ないのが現在の帝国の法。仮に濡れ衣を着せられたのなら、アリスは大義名分の元シャーリィを排除するべく、自白の強要くらいはするだろう。

（大丈夫……必ず、いつか必ず誤解が解ける……！）

妹に貶められ、婚約者に裏切られ、周囲に罵られても、シャーリィはまだ信じていた。

アルベルトなら必ず真相に辿り着き、以前と同じように過ごせる。何の根拠もない、ただアルベルトと過ごした思い出だけを寄る辺にして、苛烈な拷問に必死に耐えた。

だが、たかだか十九の小娘が抱いた淡い期待は、呆気なく裏切られる。

鞭で打たれるなどまだ可愛いものだった。

爪剥ぎに水攻め。三角木馬に火炙り。屈強な戦士ですら悲鳴を上げる残虐の数々に心は摩耗《まもう》し、当初抱いていた希望など気付かぬ内に消え失せた。

もはや誰もが羨んだ美貌は見る影もない。全身の皮膚は爛《ただ》れ、至る所に消えない傷を負い、美しい白髪は老婆の様に煤《すす》け、シャーリィは見るに堪えないほど醜い姿に変わり果ててしまった。

投獄から一ヵ月が過ぎ、待てども待てども誤解は解けず、視界が白ずんだ頃には、シャーリィが胸に抱いていた愛は反転し、身を焼き焦がしそうな憎悪の炎が燃え滾《たぎ》っていた。

「が……ぁ、ぁ……あっ……あ……っ!!」

潰れた喉から声にならない咆哮《ほうこう》が上がる。

(許すものか……! 誰一人、許すものか……!!)

かつて慈愛に溢れた穏やかな二色の瞳は、灼熱の憎悪を宿した紅と、絶対零度《ぜったいれいど》の殺意を宿した蒼へと秘めた光の質を変える。

悪魔に魂を売ってでも、地獄の底に堕ちたとしても、自分を貶めた者たち全てを同じ場所まで引きずり落とさなければ気が済まない。

(……かつての父と母、兄と弟)

髪と瞳の色だけで、実の娘を虐げた家族。

(……私が絆を結んだと思い込んでいた人たち)

騙されたのか権力を恐れたのか、誰一人自分を信じる事無く手のひらを返した人々。

(……私から全てを奪うばかりの妹)

ようやく手に入れた幸福すら奪っていったアリス。

(そして……私を裏切ったあの男……!)

今だからこそ分かる。アルベルトはシャーリィという婚約者がいながら、アリスと浮気したのだと。

アリスと結託して邪魔な自分を排除したのだろうか？　だがそんな事は関係ない。

たとえアリスに騙されていたとしても、少し調べれば真実が詳《つまび》らかになるであろう杜撰《ずさん》な罪状で自分を裁いたあの男が、誰よりも愛していたからこそ、囁かれた愛が本物だったと知っているからこそ、今は誰よりも憎い。

（復讐を……！　たとえ地獄に落ちたとしても、この手で彼らに鉄槌《てっつい》を……！）

たとえ気力に溢れていても、本来なら牢から出ることも叶わないシャーリィに復讐の機会など訪れはしない。

だがどんな奇跡が起こったのか、それとも悪魔か邪神が魂と引き換えに彼女の願いを叶えたのか、劇的な変化がシャーリィの身に起こる。

「な、何じゃこりゃあ……!?」

それに一番最初に気付いたのは、拷問係の男だった。

最近何の反応も示さなくなったシャーリィに飽き始め、ほぼ作業的に拷問を繰り返していたが、彼が牢の扉を開けて中に入ると、そこには拷問を受ける前の美しい姿をしたシャーリィが横たわっていた。

爛れた肌は美しさを取り戻し、煤けた髪は輝きを発し、無残に引き剥がされた二十の爪も桜色の綺麗な爪が新しく生えている。

つい昨日見た時は醜く薄汚い姿だったはずなのに、翌日にはまるで時間が巻き戻ったかのように、かつての美しさを取り戻していた。

「こ、こりゃあ、なんかヤバそうだ。お上に伝えねぇと……！」

その唐突で劇的な変わりように嗜虐心《しぎゃくしん》や劣情が湧き上がるより先に、何処か途方もない薄気味悪さを感じた拷問係は鍵も閉め忘れて、急いで上に報告しに行く。

「……残念です。あのまま近づいてきたならコレを喉に突き刺していたのに……」

起き上がり、石を擦り合わせて作った石包丁を投げ捨てるシャーリィ。

かつての彼女を知っている者が聞けば、別人だと勘違いしてしまいそうなほど、ゾッとする低い声だった。

「それにしてもこの体……話には聞いたことがありますが、まさかこの身で体験するなんて……。でも結果オーライです。あの男が杜撰で助かりました」

元々、平民の間では施錠の習慣が無い者が多い。城に仕える者は几帳面な事務員以外、鍵の施錠に無頓着《むとんちゃく》になっていると問題視されていることは知っていた。

いつかチャンスが来るだろうと最近考えていたが、意外にも早くそれが訪れたことにシャーリィはほくそ笑む。

「さぁ、行きましょうか。……報復の始まりです」

開きっぱなしの牢から外へ踏み出し、地上へと上って誰にも気づかれないように使用人の服を拝借した。

目立つ長い白髪をキャップに収め、途中で兵舎から剣を二本盗んでまんまと街まで抜け出したシャーリィは、壮絶な殺意を瞳に宿し、城に居るであろうアルベルトを睨む。

「待っていてください。いつか必ず、死よりも恐ろしい目に遭《あ》わせて上げます」

そしてシャーリィは街を抜け、森に打ち捨てられた小屋を見つけ潜伏した。

名目上、犯罪者で脱獄囚であるシャーリィは、権力を身につけることは叶わない。ならどうすれば良いのか。答えはすぐに出た。

権力を持てないなら、圧倒的な暴力で憎き者たちを滅ぼす。幸い、アルベルトの婚約者になってからの英才教育で身につけた剣や魔術の心得はある。

それらを独学で昇華させ、騎士や兵士の守りを突破してアルベルトやアリスたちに凄惨《せいさん》な死を迎えさせる。いっそのこと殺してくれと懇願されても尚苦しませる方法を考え続けた。

シャーリィの準備は上手くいっていた。意外にも剣を振るう事は性に合っていたのか、魔物を相手にした実戦で早い段階で並の騎士以上の力を身につける。

必要なものは街から奪い、時には実戦を兼ねて盗賊からも殺して奪い、シャーリィは早くも生活基盤と復讐に足る力を手に入れ始めた。

「ゲホッ……ぅえ……っ！」

婚約破棄から二ヵ月、脱獄から一ヵ月が経とうとしたある日。シャーリィは突如吐き気を催した。

初めは体調を崩したのかと思った。しかし変化はそれだけに止まらず、風邪に似た症状を始め、胸や下腹部に違和感、急な眠気や酸味の強い果物を求めるようになる。

一体どうしたのだろうか、一度無理を通して医者に診てもらうべきかと考え始めた頃、あることに気付く。

「そういえば……最後に生理が来たのっていつでしたっけ……？」

妊娠という二文字が、脳裏に過《よぎ》る。

それを証明するかのように、日を増すごとにゆっくりと重みを増していく腹。時期などを考慮しても、父親が誰かなどすぐに分かった。

「なんて事……あの憎い男の子供が私の腹に居るだなんて……！」

心底忌々しそうにアルベルトの子が宿った自らの腹を睨む。本当なら腹を裂いてでも引きずり出したいところだが、シャーリィは嘆息と共に剣を下す。

「まぁ、いいでしょう。子供に罪はありません。もし無事に生まれたら、孤児院に届けるくらいの事はしてあげます」

まったく罪のない無垢《むく》な魂を自ら殺めるほど、シャーリィは堕ちていない。

追われる身で誰の手も借りられない状況下、無事に生まれるかどうかなど定かではないが、堕胎《だたい》はしないという女として最低限の情は残っていた。

「弱い魔物位なら戦っても大丈夫でしょうし、産み落とすまで本格的な鍛錬《たんれん》は控えるとしましょう」

強い魔物、群れで行動する魔物を省《はぶ》き、極力弱い魔物を狙う。剣の素振り、魔術の練習を繰り返し、動けない間でも軽い鍛錬は欠かさない。

それでも、本来妊婦がすることではない。世の母親や医者が見れば血相を変えるであろう蛮行でも、シャーリィからすれば「流れたら流れたでそれで良い」といった感じだ。

容赦なく栄養を吸い取り、日に日に膨張していく腹など、復讐を誓ったシャーリィには邪魔な存在でしかない。

それが憎い男の血を引いているのなら尚のこと。むしろ無事に産めたら孤児院にまで届けるんだから感謝してほしいくらいだ。

「……おかしいですね。どうも最近鍛錬に集中できません」

しかし何時からか、腹が気になって剣を振るうことが億劫《おっくう》になってきた。その感覚は、日を重ねる毎に大きくなっていく。

左右に大きく頭を振る。憎しみと悲しみを必死に思い起こし、腹の子など関係ないと違和感を振り切って剣を無理やり振るった。

「やっと初期症状も収まりましたか……本当に、迷惑……ですね」

腹の子に向かって忌々し気に吐き捨てようとした言葉が詰まり、下腹部を撫でることが多くなったことに、我が事ながら戸惑う。

理由は分からない。分からないが、特に気にする必要も無いような気がした。

「……あ、動いた」

本格的に腹が膨らみ始めた。手で触れると、中で動いているのがよく分かる。

眠る時も気を遣う。気付かぬ内に、シャーリィが剣を持つ時間は極端に短くなった。

「食料や日用品を貯めててよかったです。これなら生まれてくるまでの間は…………何を、考えてるんでしょうか？　私は」

妊娠期間を見越した蓄えを眺めて、真っ先に子供の事を考えていた事自体に疑問を感じた。どんどん大きくなる腹に優しく触れ、胎動を感じて元気であることを確かめるのが日課になる。

そんなこと、復讐にはまるで関係のない無駄な事の筈なのに。

「幾《いく》らなんでも、あの男に似るのは少し、嫌ですね」

気が付けば子供の事ばかりを考えるようになった。

顔はどちらに似ているだろうか。父親が父親なので、出来れば自分に似てほしいという、そんな下らない事ばかりを。

復讐の為に孤児院に預け、その後一切関わるつもりが無いとしても…………そう考えると、胸の奥が締め付けられたような気がした。

そして出産が間近に迫った頃。

「もうじき生まれそうですね。そうしたら、さっさと孤児院に置いて行って、復讐の続きを——」

そこまで言いかけて、背中に氷柱を刺しこまれたかのような恐怖を感じ、手足が震え、呼吸が荒くなる。

自分が言いかけた言葉。妊娠が発覚してから口癖のように呟いていた言葉の意味、その得体の知れない恐怖に思わず膨らんだ腹を抱く。

誕生を待ちわびるような心音を感じると、ひどく安心できた。

「あああああ、ぐ、ぅううう……！　ひーっ……！　ひーっ……！　ふぅ……！　ん、ぁ……ああああああああああっ‼」

そして、シャーリィが二十歳を迎えて幾月か経った頃。

遂に迎えた出産の時。シャーリィは産婆も呼ばず、たった一人で陣痛に苦しみながら準備し、森小屋で新しい命を産み落とそうとしていた。

誕生に伴い、母体が受ける苦しみと痛みは、かつて受けた拷問にも匹敵しうるほど壮絶なものだった。

それでも、産みたい。一体何がシャーリィを駆り立てるのか、彼女自身にも理解はできない。

ただ、無事に産み落とさなければならないという、本能に似た衝動がシャーリィを駆り立てていた。

「ぜーっ……！　ぜーっ……！　はぁ……はぁ……う、産まれ、た……？」

長時間に渡る陣痛の末、シャーリィは二人の女の子を産んだ。

どちらもシャーリィと同じ白い髪。先に生まれた姉は蒼色の眼を、後から生まれた妹は紅色の眼を持って。

小さな森小屋に二人分の産声が響き渡る。その二人の小さな手が、シャーリィの指を握りしめた時、二色の眼からツゥと雫が流れ落ちた。

「あぁ……ぁぁぁあ……！　つぐ……ぁぁ……！」

シャーリィは、泣いた。

自らの胎から産み落とした我が子の穢《けが》れの無さと、無限に湧き上がる愛おしさに、なす術もなく泣いた。

そして気付いてしまった。自分が犯そうとしていた過ちの先に起こる、娘たちの悲劇に。

無理に剣を振るい、流産してしまったらこうして触れる事が出来なかったであろう、その恐ろしさ。

孤児院に預け、捨てることで二度と関われなくなってしまう、その絶望。

復讐を成し遂げたとしても、大罪人の子供という烙印《らくいん》を押される、その結末を。

実際、あのまま復讐に身を任せれば、シャーリィは悪魔に憑《と》りつかれて、二度と後戻りできない修羅道《しゅらどう》に堕ちるところだった。

そんなあり方は人ではない。血肉を貪《むさぼ》り、狂気と憎しみに従って生きるのは、まさにケダモノ、怪物の所業だ。

血濡れの怪物に成り果てようとしていたシャーリィを人間に引き戻したのは、他でもない我が子の温もりだったから。

「守らないと……何に代えても、この子たちの未来を……」

もう復讐のことなど考えられなかった。

生活基盤、育児環境という事ばかりが頭を過る。

誰の血を引いていたとしても関係無い。自分の腹を痛めて産んだ子供というだけで、世界中の何よりも愛おしい二つの命を守り、導くため、シャーリィは生まれたばかりの赤子を優しく包み、帝国の外へと向かって歩き出す。

元々、帝国にシャーリィの居場所はない。ならいっそのこと隣国である王国で娘二人と新しい生活を始めた方が良い。

身分を一切証明できない立場のシャーリィが就ける職など、常に命の危険と隣り合わせである冒険者しかないが、それでも精一杯やろう。

時には残酷に変質した本性を恐れられるかもしれない。それでも、娘たちが幸せを掴めるその時まで、この手は離さない。

こうして、娘の為に復讐を止め、新たな誓いを立てたシャーリィは王国の辺境の街へ辿り着き、十年の時が流れた。

白の剣鬼

この世には、人智を超えた怪物たちが跋扈《ばっこ》している。

雷雲を塒《ねぐら》にする怪鳥に火焔を纏《まと》う骸骨《がいこつ》巨兵。無差別に呪いを放つ邪竜や魔王の軍勢。

基本的な能力に劣る人間たちが鍛錬を重ね、武器を手に取り、徒党を組むのは当然の事だろう。

そんな王国の辺境……と言っても、開拓拠点であるその街は名声を上げるために訪れた冒険者や、彼らに武器防具や道具を売りつけて一攫千金《いっかくせんきん》を狙う職人たちで賑わっていた。

「すいません、冒険者登録しに来たんですけど」

辺境の街とその周辺地域の守護の要《かなめ》も担う冒険者ギルドの扉を、年若い見習い魔術騎士は叩く。

茶髪の少年の名はカイル。拾われ育った孤児院の経営を助ける為という、ありがちな理由で魔術と剣の腕を磨いてきた。そして冒険者の唯一の登録条件である成人年齢……十五歳を迎えた今日、冒険者の道歩き出そうとしている訳だ。

「はい、分かりました！　それでは登録書への記入をお願いできますか？」

「は、はい！」

亜麻色《あまいろ》の髪を後ろで束ねた受付嬢が営業スマイルと共に差し出された書類に名前や年齢、職業や過去の持病や怪我の有無などを記入していく。

「ではこれをお渡ししておきますね」

「青銅の認識票……ですか？」

書類と交換するように渡されたのは、Eという大きな文字と、その裏には十桁の番号や登録したギルド支部の名称が刻まれた青銅製のタグだった。

「これは貴方がEランク冒険者であるという身分を証明になります。駆け出しの冒険者はまず一番ランクの低いEランクから始めてもらうんですよ」

ギルドごとに規約に微妙な違いはあるが、どのギルドでも共通する制度の一つが冒険者のランクだ。

上からS、A、B、C、D、Eと六段階に分けられ、上に行くほど腕の立つ冒険者であるということが一目で分かるシステムになっている。

「これは昇格時にお話しすることになりますが、金の認識票を下げたSランク冒険者や銀の認識票を下げたAランク冒険者の方には非常時に依頼を義務的に引き受けてもらうことになります。世間一般に自由な冒険者というのは、銅の認識票を下げたBランク冒険者までですね」

「へぇ。依頼は冒険者の任意で受けられると思ってたんですけど、そういうのもあるんですね」

「ええ。魔物が蔓延《はびこ》る世の中ですし、やっぱり高位の冒険者の方には非常時にこそ動いてもらわないと被害が拡大するので」

そこで受付嬢は、どこか遠い目をしてカイルに聞こえないほどの小さな声で呟いた。

「……まぁ、そういう理由で中にはすごく困った冒険者もいますが」

「？　何か言いました？」

「いいえ、何も？」

受付嬢は即座に営業スマイルを張り付ける。咳払いを一つ、神妙な顔になった受付嬢はしっかりと目を合わせて告げた。

「この認識票は冒険の最中に何かがあった時、貴方の身元を照合するのにも使いますので、肌身離さず持っていてくださいね」

「……っ！」

含みのある言葉にカイルは身を固くする。自分が死と隣り合わせの冒険者になったのだと、改めて思い知らされた気持ちだ。

「登録は以上です。今後の貴方の活躍を祈り、期待していますね」

「あ、ありがとうございます」

「依頼を引き受ける際は、あちらのクエストボードから自分に見合った依頼書を取って受付まで来てください」

壁一面の掲示板には無数の依頼書が難易度や緊急に分けて張り出されていた。

新米であるカイルはまず、手軽で簡単そうな依頼から始めようと依頼書を物色する。

山への薬草狩りに地下水道の巨大蜚蠊《ジャイアントバグ》の駆除。変わったものでは、来年予定している新人冒険者育成施設に配属する養成員の練習台など、様々な駆け出し用の依頼書が張り出されている。

「なぁ、君。もしかして駆け出し？」

どれにしようかと悩んでいると、隣から気さくな声を掛けられた。

振り向くとそこには、自分と同じ年頃の槍使いの少年、僧侶の少女、弓を携えた獣人の娘のパーティの姿。

三人の首からは青銅の認識票が下げられている。冒険者になって日が浅い、もしくはなりたての若者たちなのだろう
「俺たちも新人なんだけど、良かったら一緒に組まないか？　今から依頼を出して冒険するところなんだ」

「え⁉　そ、それはむしろ有り難いけど……何の依頼なの？」

「ゴブリン退治よ。新人の定番でしょ？」

ゴブリンは人間の子供程度の体格と知恵しかない、スライムと並ぶ最弱の魔物の一種として有名だ。

しかしその悪辣《あくらつ》さもまた有名。人家や畑から金目の物、農作物を盗むのはまだ可愛いもので、時には女子供を攫《さら》ってしまう事件も起こる。

ゴブリンに限った話ではないが、数も多く退治の依頼は後を絶たない民衆泣かせの魔物だ。

駆け出しの冒険者が腕を上げるために先ずはゴブリン退治、というのは有名な話で、彼らもその例に漏れずにゴブリンで経験値を積もうという腹積もりらしい。

そしてそれは、カイルにとっても実に美味しい話だった。

「うん、それなら僕も一緒に行こうかな。冒険は初めてだから誰かと一緒に居た方が安心だし」

「よっし！　そうと決まればすぐに行こうっ！」

こうして、前衛の槍使いに中衛の魔術騎士、後衛の僧侶と弓兵という、バランスの取れた新参パーティが組まれた。

男女比も均整が取れており、他の冒険者から不要なやっかみを受けることのない、構成だけなら理想的なパーティだ。

「う～、いくらゴブリンと言っても、緊張するね」

「大丈夫よ。たかだかゴブリン程度、子供の頃にコイツと追い払ったこともあるんだから」

ほんの少しだけ不安そうにつぶやく僧侶を、獣人弓兵が槍使いの背中を叩きながら快活に言う。

そう、たかだかゴブリン程度、子供でも追い払える弱い魔物だ。何一つ恐れることなく、悠々と目撃情報のあった森へと向かう。

ゴブリンは洞窟や打ち捨てられた建物を住処にすることが多いが、今回の依頼は森に放置された戦時の砦《とりで》を拠点としているらしい。

廃砦にゴブリン退治。冒険者らしくなってきて気分が高揚してくる一行。廃砦に入った後も、どこかそんな気楽さを滲ませながら淀《よど》みのない足取りで進んでいく。

「がっ⁉」

ゴッという鈍い音の後、獣人弓兵が頭から血を流して倒れるまでは。

「だ、大丈夫⁉」

「一体どこから⁉」

床に突っ伏して気絶する獣人弓兵。

突然の事だった。背後からの奇襲。何時の間にか獣人弓兵の後ろに居たゴブリンが、投石紐《スリング》を持って醜悪《しゅうあく》に笑いながら仲間を呼んだ。

「ゴ、ゴブリン⁉　後ろを取られたのか⁉」

すぐさま剣でゴブリンを袈裟懸《けさが》けに斬る。血を噴き出し、骨と内臓を露出させて絶命する小鬼。

「ギャギャギャギャッ！」

「ゴブッ！　ゴゥッ！」

前後から迫るゴブリンの群れ。それぞれ棍棒《こんぼう》や石斧、刃毀《はこぼ》れや錆が目立つ古い武器を手にして若い冒険者たちに迫る。

「くっそぉ！　よくもぉっ‼」

まず初めに激高したのは、幼馴染を傷つけられた槍使いだった。

怒りに身を任せ、縦横無尽《じゅうおうむじん》に槍を振るい、ゴブリンの腹を貫く。幸い戦闘も考慮された砦の内部は槍を振っても差し支えが無いほど広く、彼はその技を存分に子鬼どもに見舞う。

カイルも槍使いに背を向ける形で後ろからくるゴブリンを斬り、時には盾で武器を防ぎ、得意の火球魔術で遠くのゴブリンを焼き払う。

「しっかり……！　今治すから！」

前後を守られた僧侶は患部に手をかざし、獣人弓兵に治癒魔術を施す。まだ気絶からは目覚めないが、傷が塞がるのを盾を構えながら確認し、カイルはほくそ笑んだ。

やはりゴブリンなんてこの程度。これで獣人弓兵も意識を覚醒させれば、後方からの攻撃でサポートしてくれる。

後はゴブリンたちを倒して万々歳《ばんばんざい》。予期せぬアクシデントを苦い思い出にし、依頼の達成をギルドに報告しに行くだけ。

ゴブリンを十体ばかり仕留めたその時まで、そう思っていた。

「グオオオオオオオオッ!!」

「なぁあっ⁉」

岩を砕く音とゴブリン以外の何かの咆哮に混じり、槍使いの悲鳴と太い木を力任せに圧《へ》し折るような音が聞こえた。

振り返れば、そこには牛ほどの大きさの魔物。腹這いになって移動する姿はトカゲやワニを連想させるが、後ろ足は無く、代わりに異常に発達した太い前足と槍を噛み千切った大きな顎。

「ど、どうして……⁉　お、俺たちはゴブリン退治に来たはずだろっ⁉　な、なのに何で……何でドラゴンが出てくるんだよぉっ⁉」

ドラゴン。それは伝説に多く語り継がれる怪物。その内の一つである、地中を掘り進む地竜と呼ばれる種だ。

大きさから見てまだ子供のようだが、それでも相手は至上の魔物の子。Eランク冒険者が敵うような敵じゃない。

「い、いやああっ⁉　来ないでぇっ!!」

そして、前衛に出ている二人がドラゴンに意識を裂き過ぎたのが致命的な隙だった。

討ち漏らしたゴブリンが僧侶と獣人弓兵に襲い掛かる。カイルは素早く詠唱を唱えるが、槍使いと僧侶を見比べ、その動きを止めてしまう。

彼は中衛の要、魔術騎士だ。前衛での接近戦から後衛での遠距離戦まで、幅広い選択肢で仲間をサポートする職業だ。

故に彼は、その選択肢によって動きを封じられてしまった。地竜に襲われている槍使いを助けるべきか、それともゴブリン共に襲われている僧侶たちを助けるべきか、そんな思考の混雑が一生の後悔を生むことになる。

「ぎっ……ぎゃ……っ！」

「ぎゃぁ……！　や、やべ……！　ぶっ⁉」

どちらか片方は、助けられたかもしれない。そんな一瞬をまんまと見逃したために、槍使いは地竜に喉笛《のどぶえ》を噛み千切られ、僧侶はゴブリン共に寄って集《たか》られ武器を振り下ろされる。獣人弓兵も同じ末路を辿った。

「…………ぁ…………」

狂気に呑まれる、という言葉が冒険者にはある。

人間の徳からは遠く離れた残虐な野生の恐怖に足が竦《すく》み、身動きが取れなくなるという意味だ。

理性で行動を律し、道徳を学んだ者ほど殺しと言うものを忌避《きひ》する。それは戦いの経験の浅い者だと尚更で、純然な殺意を向ける徳を知らぬ怪物を前に無抵抗に食われる者は後を絶たない。

「ひっ……!? く、来るなぁ……!」

二口で噛み千切られた槍使いを腹に収めた地竜の眼がカイルを睨み、ゴブリン共が下卑《げひ》た笑みでにじり寄る。

自分を残してパーティは全滅。周囲にはゴブリンの群れと、自分よりも遥かに強い地竜の子供。

絶望的な状況とは正にこの事。腰を抜かしてその場に尻もちをついたカイルは荒い息を吐きながら汗や涙、涎《よだれ》に鼻水、果てには尿まで漏らすという、実に哀れな姿だった。

このまま自分も無残な死を遂げるのだろうか?

なぜ地竜はゴブリンに襲い掛からないのだろうか?

一体どうしてこんなことになった?

自分たちはただ、弱いゴブリンを退治に来ただけなのに。

この窮地を脱するには関係のない事ばかりが頭を支配する。恐怖に震える哀れな若者を弄《もてあそ》ばんが為に、醜悪に口を歪めてゴブリンは武器を構えた、その時――――

「ギャギャ?」

「……っ……?」

カツン、カツンと、石畳を踏み鳴らす音が通路の奥から聞こえてきた。

曲がり角のその先、徐々に近づいてくるその音に、その場に居た怪物たちは一斉に顔を向ける。

「……え……? あ……」

カイルはこの時、恐怖を忘れた。

種族問わずに目を引き寄せられずにはいられないほど玲瓏《れいろう》で。

この死地には場違いにも見え、それでいてしっくりくるほど儚い。

これまで見た事のない、恐ろしいほど美しい、白い女がそこに居た。

立ち、歩き、座る仕草を花にたとえることがあるが、目の前の女は正にそうたとえられても可笑しくないほど綺麗な姿勢で歩いていた。

紅と蒼、左右で異なる二色の眼で死地を見据える、新雪の様に白い髪の女はゾッとするほど美しい。

まるで芸術神が丹精込めて作り上げたような顔立ちと、男を誘う豊かな乳房、それを際立たせるしなやかな肢体。

牛皮の頑丈なブーツと、ゆったりとした簡素なデザインのワンピースを身につけた女は、どういう訳か迷い込んだ町娘だろうか？

魔物が出没する危険な場所に丸腰で現れた事から察するに、少なくとも冒険者ではないとカイルは断定する。

「ギャギャギャ！」

その事に喜んだのはゴブリンたちだ。

なぜ彼らが女子供を攫うのか、知っている者は意外に少ない。少なくとも、カイルには皆目見当がつかない。

だがゴブリンは間違いなく習性に従い女子供……特に柔らかそうな者を狙って攫うのだ。

そういう意味で、目の前の女はうってつけの獲物だろう。武器で抵抗する危険な女冒険者と違い、豊満な肉を二つぶら下げた女が無防備にも丸腰で巣に入り込んできたのだ。

ゴブリンたちは揃って瞳に食欲に似た光を宿し、唇を舐めずり回す。

「あ、危……なっ……！　ここから、逃げっ……！」

舌をもつらせながら必死に逃げるように呼びかけるが、時はすでに遅し。

棍棒を持ったゴブリンが女に向かって飛び掛かる。女は恐怖で顔を彩り、なす術もなくゴブリンの一撃を受けて、その白い髪を床につけることになると、その場の生物全員が思い込んでいた。

「……え？」

飛び散るのは、鮮烈な赤。

断末魔を上げる間も無く首を斬り飛ばされたゴブリンは、断面から噴水のように血を噴き出し、地面を転がる。

丸腰の筈だった女の手には、何時の間にか血に濡れた片刃のショートソードが握られており、一切の淀みのない足取りで残ったゴブリンや地竜の子供に近づく。

「ギャギャッ⁉」

仲間をあっさり殺した女を前に、カイルを人質に取ろうと真っ先に動いたのは一体のゴブリンだった。

過酷な野生の中でもひ弱な存在であるゴブリンは、生き残るために脅威に対する警戒心を研ぎ澄ましてきた種族だ。

そして彼らはその経験上、人間は人質を取れば途端に身動きが取れなくなるということを学習していた。

思い立てば即行動と言わんばかりに、ゴブリンが錆びた剣をカイルの首に押し付けて、女に降伏するように呼び掛けようとしたその瞬間、女が投げた剣がゴブリンの頭蓋《ずがい》を貫いていた。

「ギャッ⁉」

「ゴブゥッ⁉」

まさに神速、目にも止まらぬ電光石火の早業だった。

武器を投げるという女の暴挙と仲間の死によって動揺するゴブリンたちの隙をつくように、女は床を蹴る。

両手にまったく同じ造形の湾曲剣《わんきょくけん》を握り、すれ違いざまにゴブリンたちの頭を割り、心臓を貫き、喉を切り裂いていく。

正確無比に一閃で子鬼たちを絶命させていく白い修羅。その姿はまさに斬撃の嵐、通り過ぎる全ての命を断つ死神の刃だ。

「グオオオオオオオオオオッ‼」

最後のゴブリンの首が宙に舞って、ようやく地竜の子は動き出す。

人間の胴体など容易く噛み千切れる鋭利な牙が並んだ大顎は最大まで開かれ、女を食い殺さんと強靭《きょうじん》な前足で跳躍する。

「遅すぎます」

だが女が振る湾曲剣により一閃。それだけで地竜の子の顎から上は、ゴブリンを殺すのと同じように斬り飛ばされる。

固い甲殻《こうかく》を紙のように裂き、子供とは言え竜をそこらの雑魚《ざこ》同然に圧倒する女を、カイルはただ呆然と眺めることしかできなかった。

そしてふと気づく。彼女の首から下げられた、銅の輝きを放つ認識票に。

(び、Bランク冒険者……!?)

Eランク冒険者を新米とするなら、Bランク冒険者はベテランと呼ぶべき熟練の冒険者だ。

成程、確かに銅の認識票を持つことが許された強者なら、ドラゴンの子供を討つことも可能だろう。

しかしカイルには途方もない違和感しか感じられなかった。冒険者にはとても見えない、町娘と言わんばかりの格好もそうだが、駆け出しとはいえ戦いに身を投じるべく修練を積んだ身としては、彼女がBランクに納まるには異常な強さだと直感が告げていた。

「……ふん」

そして何より異常なのは、虚空《こくう》より手の中に現れ、跡形もなく消えた剣。投剣によって絶命したゴブリンを見てみると、頭に突き刺さっていたショートソードも何時の間にか消滅している。

接近戦の訓練と両立する形でとはいえ、魔術を修《おさ》めるカイルは、剣の正体が魔術によるものであるということは理解できた。

しかし、それが一体どういうものなのかは、初級魔術しか操れない彼には理解できなかった。

「…………」

「……あ……ま、待ってください！」

未だへたり込むカイルを一瞥《いちべつ》し、無言で立ち去ろうとする女を思わず呼び止める。

「……何です？」

「うっ……」

心底煩《わずら》わしそうに形の良い眉を歪め、女は二色の眼でカイルを見据えた。

身長は百六十センチを少し超える程度のカイルとさして変わらず、正面からこちらの眼を見る。

「え、えっとその……ありがとうございますっ。助けて貰って」

「別に善意で助けたわけではありません。同業者を見殺しにしてギルドからの信頼を落としたくないから助けただけです」

外見に違わず、声まで透き通るような美しさだが、込められた意は面倒という一念のみ。

恐らく年上と思われる美女の妙に迫力のある眼差しに耐えきれず、カイルは思わず目を逸らすが、それでも頭を下げて誠意を示した。

「それでも……助けてられたことには変わりません。本当にありがとう、ございます」

「…………はぁ」

カイルの後頭部を少しの間、眉間に皺《しわ》を寄せて見下ろしていた女だが、やがて毒気が抜かれたかのように溜息を一つ零す。

「見たところ新人のようですが、ゴブリン退治にでも来て全滅したみたいですね」

「……あ……」

無残に嬲《なぶ》り殺された女二人と、もはや折れた槍を握る手しか残らない男を見下ろす。

女が現れなければ、カイルも同じような運命を辿っていただろう。

「……僕たち、ゴブリンを退治しに来ただけの筈なんです。なのにいきなりドラゴンが出てきて……一体どうしてこんな事に……！」

慙愧《ざんき》の念に堪えないとは正にこの事だった。

地竜の子供が現れた時点で撤退を全員に呼び掛けていれば助かる見込みもあったことが、今になって理解できる分だけその無念はカイル自身にも計り知れない。

「よくある話でしょう」

「え？」

何でもないという風に呟いた女を、カイルは呆気を取られた顔で見つめる。

「幼少の頃、腕力の強い子供に従っていた覚えや周りにそういう人が居ませんでしたか？」

「……そりゃあ、ガキ大将は居たし、子分も何人も居たのは覚えてるけど……それが今回の事と何の関係が？」

「魔物や動物は敵と相対した時、逃げるか戦うかの二択ですが、ゴブリンやドラゴンのように人間に近い知能を持つ魔物は、従うか従えるかの選択肢が増えます。簡単に言えば共生していたんですよ。貴方たちがゴブリンの巣だと思って入った場所は、実際には地竜の巣だった……それだけの話です」

「そ、そんな……！」

今回のゴブリン退治は、近隣の村からの依頼だった。

被害が出た時に残された足跡はゴブリンのもので、砦に帰るゴブリンを見て、その奥にドラゴンが潜んでいるなど誰が想像できるだろうか。

「どうせたかだかゴブリン程度と思って挑んだのでしょうが、魔物との予期せぬ遭遇《エンカウント》なんて冒険者からすれば当たり前ですし、知識不足、認識不足で挑んだ貴方たちの自業自得です」

配慮の欠片も無い酷な物言いだが、ぐうの音も出なかった。女の言う通り、ただゴブリンを倒すだけの簡単な仕事と楽観的に挑み、別の魔物が現れただけで全滅しかかったのは紛れもない事実なのだ。

「では、私も用があるので先に行きます。逃げるか進むかは自分で」

残酷な事実に散々打ちのめされたカイルに女が背を向けた瞬間、砦全体が大きく揺れ始めた。地震とはまた違う、砦の真下で何かが動いているような激しい揺れ。

「チッ」

「うわっ⁉」

女は忌々しげに舌打ちし、カイルを右腕で突き飛ばす。突然の事に抗議しようとしたが、その怒りは呆気なく吹き飛ばされることになる。

「グオオオオオオオオオオオオオオオオオッッ！！！！」

鼓膜《こまく》を破かんばかりの爆音のような咆哮と共に岩の雨が降り注ぐ。

地竜の子供とは比較にならない大音量に耳を塞ぎ、頭上から落ちてくる岩を対処することも出来ずに見上げるカイル。

「ぐええっ⁉」

死の直前に見るとよく聞く、スローモーションで流れる視界。走馬燈《そうまとう》が目に浮かびそうになるのも束の間、女はカイルの襟首《えりくび》を掴み、一飛びで崩れた壁から砦の外へと脱出する。

「な、何の……冗談だ……？」

爆散する砦の瓦礫《がれき》に混じり、ゴブリンたちが舞い上げられ、地面に激突して嫌な音と共に絶命するか、瓦礫に押し潰されていく。

地面に放り出されたカイルは崩れ落ちる砦と、地面から飛び出してきた砦と同じ大きさの地竜を呆然と眺める。

幼体とは格が違う、ドラゴンの成体。伝説に語り継ぐに相応しい威容と人外不倒の巨体は、Ｂランク冒険者が倒せるものではない。

強大過ぎる怪物を倒すのは、Ａランク冒険者《超人》やＳランク冒険者《英雄》の仕事である。

「やはり、そうですか。幼体がいる時点で確信していましたが、どうしてゴブリンがアレを奪っていったのか納得しました。子供を殺されたことがよほど腹立たしかったのか……まぁ、気持ちは分かりますが」

威風堂々《いふうどうどう》とこちらを見下ろす絶対強者を前に平然と呟く女だが、その姿は悲惨の一言に尽きた。

「そ、そんな……！　う、腕が……！」

女の右肩から先が無かった。

先程、地中から飛び出してきた地竜からカイルを庇《かば》い、食い千切られたのだ。

ズタズタの傷口から噴き出る鮮血が、彼女の白い肌とワンピースを真っ赤に染める。

(ぼ、僕のせいだ……！　僕を庇ったせいで……！)

今日はどんな厄日なのか。

自分のせいで人が傷つき、遂には絶望的な危機が目の前に現れる。運命を司る何者かが居るのなら、そいつを全力で罵らなければ気が済まなかった。

「お……終わった……」

地竜が巨大な腕を振り上げ、振り下ろした。極めて単純でいて、砦と同等の巨体が秘めた重量全てを込めた一撃が自分と女を叩き潰す。

初めての冒険で不幸の連続に見舞われた少年の人生は、あっけなく終了しようとしていた。

「勝手に終わらせないでください」

しかし、地竜の一撃が大地に触れることは無かった。

ゴブリンたちを殺した時と同様に、何時の間にか右手に握られた大剣で地竜の手首を斬り飛ばしたのだ。

「グルアアアアアアアアアアッ！？！？」

綺麗な切り口から雨のように血を噴出させて絶叫する地竜。

ドズンと、大きな音と地響きを立てて木々を圧し折りながら巨竜の手首が落下すると同時に、女は大剣の重さを感じさせない跳躍で地竜に迫り、甲殻に覆われていない柔らかな首筋、動脈を切り裂いた。

「終わるのは、竜の方です」

喉を切り裂かれ、吠えることも出来ずにいる地竜から噴き出す血を浴びる間も無く、首の上に立った女は硬い甲殻の隙間を縫うように大剣を刺しこみ、皮と肉を裂いて首骨を断つ。

「……ガ……ァ……」

脊椎《せきつい》を折られて生きていられる生物はいない。伝説に属する怪物は冗談か何かのようにアッサリと命を断たれ、その巨体を地面に付けて動かなくなった。

新米冒険者には何が起こったのか、その全容を理解できないだろう。ただ、目の前の白い女が竜殺《ドラゴンスレイ》しを成し遂げたという結果だけしか見えない。

「……な、何で……どうして腕が生えて……!?」

そして、それと同様に驚くべきは、食い千切られたはずの右腕が元に戻っているという事。治癒術の極地、肉体の再生や復元を行われたわけではない。そんな大魔術を行使されれば、いくらまだ未熟とはいえ魔力の流れで察知する事ができる。

なら何の魔術も使わずに体の欠損を治したのか。そう考えた時、カイルの脳裏に一つの可能性が浮かび上がる。

「ま、まさか……半不死者《イモータル》……!?　それで白髪にオッドアイの剣士って……貴女まさか……!?」

生物は魂、精神、肉体の三要素で構成されている。

その内の一つである精神に異常が発生した時、極々稀に連動する様に魂と肉体にも異常をきたす事で誕生する肉体の復元能力を備えた怪物の存在を聞いたことがあった。

つい最近まで一般人だったカイルが知っているだけでも五名。その特性故にタガが外れた彼らは、今なお数々の逸話を世界中に残し続けている。

《黄金の魔女》、カナリア。

《太歳龍《たいさいりゅう》》、アイオーン。

《彼岸の聖者》、ヘルメス。

《怪盗》、クロウリー・アルセーヌ。

そして至高の武人、あらゆる刀剣を極めた修羅が、何処かの冒険者ギルドに所属しているという逸話。

紅と蒼の二色の鋭い眼。白い髪は戦場で舞い、閃く刃は敵の首を宙に討つ。万夫不当《ばんぷふとう》の戦女神と称される生きる伝説。

《白の剣鬼》、シャーリィ。それが女の名前と渾名《あだな》である。


今回の顛末《てんまつ》は、良くある話だ。

新人冒険者が簡単な依頼に行って、帰って来なくなることも。

知恵ある魔物が、自分よりも弱い知恵ある魔物を配下に置くことも。

金銀宝石を集める習性のあるドラゴンが、配下の魔物に財宝を収集させるように命令することも。

冒険者をやっていれば、幾らでも耳に入る魔物の習性に冒険者の活躍と死。どこに行っても似たような逸話は後を絶えない。

「よかった、キズは無いみたいですね」

すでにこの世に居ない地竜の巣である砦跡地の地下大空洞。シャーリィは山積みになった財宝に眼もくれず、目当ての物を見つけ出した。

それは安い金紙と銀紙を折って作った二つの五角形。折り紙という東方伝来の紙遊びで象《かたど》られた星は、正直に言って不格好な出来栄えだ。

「これを財宝と勘違いするなんて、傍迷惑なゴブリンですね」

割と最近の技術で生み出された光り輝く紙を、ゴブリンたちが薄く加工した金銀と思い込んだのは無理のない事だ。

人の世に精通しない魔物が、盗まれた本人からすればどうでもいいガラクタを盗んでいくというのも、探せば見つかる話だろう。

だが、しかし。

「まぁ、私にとっては財宝以上の価値があるんですが。あの子たちから貰った初めての誕生日プレゼントに何かあれば、ゴブリンという種を根絶やしにしなければ気が済まないところでした」

家を空けている間にゴブリンが盗みに入り、愛娘たちから貰った初めての誕生日プレゼントを奪われた母親が、近隣のゴブリンの巣を悉《ことごと》く根絶やしにしてまで、その不格好な紙細工を探し回るなど、世界中を探しても例を見ないだろう。

母娘の朝

雪は解け、王国に春が訪れた。

五里先には既に未開の地が広がる辺境の街も徐々に暖かくなり、春花が蕾を開き始める。

風呂と玄関、食堂が共同の冒険者用の宿屋、その一室で目を覚ましたシャーリィは、体の両側から豊かな胸を抱きながら眠る二人の少女をそれぞれ一瞥した。

「……自分の部屋があるのに、どうして何時も私の布団に潜り込むのでしょうか」

寝ぼけてたのか、それともワザとなのか、十歳にもなって自分に引っ付いて眠ろうとする少女たちに嘆息を一つ零す。

しかしその言葉とは裏腹に、見つめる二色の眼には煩わしさの欠片も無い。どこか優しい、慈愛を帯びた眼差しだ。

「さて、と」

日は昇り、朝日が窓から差し込む。

起こさないように、ゆっくりとベッドから降りたシャーリィは二人に布団を掛けなおし、自分と同じ白い髪を優しく撫でた。

二人揃って自分の面影を強く受け継ぎ、それでいて趣《おもむき》の違う瞳は瞼《まぶた》に閉ざされている。普段鋭く研ぎ澄まされた目尻を一瞬だけ緩ませ、シャーリィは寝室を出てから顔を洗い、寝間着から着替えて共同スペースである食堂へと足を運んだ。

「おはようシャーリィ！」

「おはようございます、マーサさん」

朝から活力に満ちた笑顔で出迎える恰幅《かっぷく》の良い茶髪の中年女性は、宿屋を経営する夫婦の片割れであるマーサだ。

歳は今年でちょうど四十路。シャーリィよりも十年上の彼女は愛想の悪い素っ気ない声色《こわいろ》を気にした様子もなく、腰まで届く長い髪を後ろで纏め、エプロンを身につけて厨房に踏み入るシャーリィを温かく迎えた。

「それでは、厨房をお借りしてもいいですか？」

「あいよ」

冒険者用の宿屋、タオレ荘は名前に反して小綺麗で広い造りになっている。

厨房の隅で黙々と下拵《したごしら》えをしているマーサの夫の祖父……創設者が何を思っての事か、面白可笑しい名前を宿に付けたらしい。

自宅を持たない冒険者の為に部屋を月払いで貸し、料金を払えば食事も出してくれる宿屋の朝は、大勢の冒険者が食堂で硬貨を払うが、それを払う事が出来ない冒険者が自炊する為に、厨房の一角には住人用の流し台やコンロが設けられている。

「にしても、あんた疲れてない？　昨日はゴブリンの巣を潰し回ってたんだから、今日くらいはウチで食べていきゃいいのに」

「いえ、疲れは特にありません。何時もの事なので」

「そりゃあ、そうだけどさ」

トーストに目玉焼き、焼いた燻製肉《くんせいにく》にサラダと定番の朝食メニューを作り出す。最初に食事の準備をし始めた頃は何度も手傷を負っていたものだが、長年の経験で今は慣れたものだ。

「ただでさえ毎日命懸けだってのに、二人の為にご飯用意するなんて感心するよ。普通、冒険者には気持ちの余裕は無いもんだけどねぇ」

日々、魔物や悪人を相手に命のやり取り。肉体的というよりも、精神的に疲労する冒険者は少なくない。

マーサの言う通り、そうした理由で日常を怠惰《たいだ》に過ごす冒険者は多く、食事を作る気力が無い故に宿の食堂は何時も賑わいを見せている。

実際、住人の中で厨房を使っているのはシャーリィだけ。しかし、彼女が厨房に立たない日は滅多に無い。

「……毎日、命を懸けているからです」

作業から目を離さず、シャーリィは呟く。

「こんな世の中、冒険者だろうが一般人だろうが、いつ死ぬか解りません。してあげられることを、生きている内にしてあげたいんです」

本心を吐露《とろ》したからか、少し恥ずかし気に頬を染める。

本当なら冒険者ではなく、もっと安全な職が数多く存在する。しかし、駆け出しの時代はともかく今は安定して依頼をこなし、並の一般家庭よりも多く稼いでいる。

彼女は様々な事情を抱えているが、今更転職しても月の稼ぎが下がるばかりか、娘と過ごす時間を減らしてまで一定時間拘束される。そんな事態は御免被《ごめんこうむ》りたいというのが理由の二つ。

そして何より、シャーリィは帝国から流れてきた犯罪者だ。幸い、帝国と王国との間に犯罪者引き渡しの条約は無いが、前歴を明かせない元浮浪者を簡単に雇うほど、王国の雇用条件は甘くはない。

(もっとも、誤算はあまりに大きかったですが)

元来、冒険者というものは身元不明の浮浪者や釈放された犯罪者への救済措置に、前歴不問で登録できる。つまるところ、何をどう足掻《あが》いてもシャーリィには冒険者以外の道は無いのだ。

ただ、Bランクに留まっているにも拘らず、名前が広まり過ぎたことを危惧《きぐ》しているだけで。

(それを言えるだけでも、大したもんだと思うけどねぇ)

そんな彼女の心境を知ってから知らずか、マーサは感心する。

マーサとシャーリィは九年以上の付き合いになるが、若輩《じゃくはい》のような見た目が変わらなくても、彼女がれっきとした母親であると改めて思い知らされる。

「ママ、マーサさん、おはよ～」

「あぁ。おはよう、ソフィー!」

「おはようございます」

マーサがシャーリィを温かい目で見守っていると、雪のように白い髪の少女二人が食堂に現れた。

シャーリィの鋭い目つきとは違い、蒼い円《つぶ》らな瞳を持つ美少女は、正真正銘シャーリィが産んだ双子の片割れの姉である。

すでに食堂に集まる冒険者……特に男の眼が向くのも無理はない。幼さに見合う体型であっても、彼らの守備範囲を引き下げられずにはいられない、未完成であるからこそ完成された美がそこにある。

「って、ティオ！　私に凭《もた》れ掛かってないで自分で歩いてよ、もう！」

「ん……おはよう、お母さん」

「ええ、ティオもおはようございます」

そして、半ば寝ぼけながらソフィーに引きずられるように現れたのは、寝起きの悪い双子の妹であるティオだ。

姉を天使と称するなら、彼女はさながら妖精といったところか。母とも姉とも違う、平常時でも何処か眠たげな紅色の眼と姉に勝るとも劣らない魅力的な容姿は、彼女の物静かな性格と相まって幻想的な雰囲気を醸《かも》し出している。

「少し待っていてください、すぐに出来るので」

「あ、私お皿とお水出すね」

「じゃあ、わたしも」

率先して母を手伝う二人の姿を見て、マーサは酷く感心したように彼女たちの頭を撫でた。

「二人とも、いつもの手伝いをして偉いわねぇ。まったく、ウチの娘共に爪の垢《あか》を煎じて飲ませたいよ」

マーサには娘と息子がそれぞれ二人ずつ居る。いずれも成人して独り立ちしていて、長男は宿屋の後を継ぐ為に修行に出ているのだが、娘二人は結構な放蕩娘《ほうとうむすめ》で、散々手を焼かされていた。

そんな娘が居たおかげか、マーサや彼女の夫は二人の事を非常に可愛がっている。ソフィーとティオも二人に懐いており、シャーリィも比較的安心して愛娘たちを預ける事が出来る。

「いやぁ、それ程でもないですよ」

「……照れる」

ソフィーとティオが褒められる一方、シャーリィは誰にも気付かれないよう、自慢げに鼻を鳴らした。どんな些細な事であったにしても、愛娘が褒められて嬉しくない母親などいない。

大袈裟だの親バカだの言われそうだし、自分でもそう思うが、どんな事でも娘が評価されるのは嬉しいのだ。

とはいえ、それを表に出すつもりは毛頭《もうとう》ない。母の威厳を保つため、思わず目尻が下がって口角が上がりそうになるのを必死に耐え、黙々と朝食の準備を終わらせる。

「それでは、いただきましょう」

「うん！」

「いただきます」

その光景は、宿屋には場違いにも見えた。

良く言えば小綺麗、あえて悪く言えば質素な宿屋の食堂、その片隅で食事を始める麗《うるわ》しい白髪の母娘に、朝食を食べに集まり始めた冒険者たちは目を奪われる。

食事を摂《と》る姿すら一々絵になる三人は、事情を知らぬ者たちからすれば年の離れた姉妹に見えるだろう。

簡素な食事やテーブルすら彼女たちを引き立てるその美貌に女性は羨み、男性は思わず視線が釘付けになる。

窓から差し込む陽の光が照らす食卓は、まるで巨匠が描いた絵画のよう。そんな神秘的で眠たくなるほど穏やかな光景は、ティオの一言で終わりを告げた。

「そういえばさ、昨日他のクラスの男子に告白されてたけど、ソフィーは付き合ったりするの？」

「ふえっ⁉」

その瞬間、食堂……いや、宿屋全体が炎とも氷ともたとえられる壮絶な殺意に呑まれた。

食堂に居る冒険者たちは勿論、まだ部屋で過ごしている者も突如として襲い掛かる大瀑布《だいばくふ》の如きプレッシャーに体が震え、ガチガチと歯を鳴らす。

寝ている者すら飛び起きる殺意を放つ者は一体誰なのか？　何とか動ける一人前以上の冒険者はその出所を探す。

この平和な朝食の場に相応しくない、ありとあらゆる全ての存在を斬り殺さんばかりの威圧を放つ者は、食堂の片隅に座っていた。

「な、ななな何で知ってるの⁉」

「偶然。偶々《たまたま》見かけただけ。校舎の裏だからって人が来ないなんて思ったら大間違い」

「……へぇ、そうなんですか」

殺意の出所は、何でもない風に装う、しかし実際には地獄の底から響く様な低い声で呟くシャーリィだった。

並み居る冒険者たちを震え上がらせるプレッシャーを前に、幼い少女たちが平然としているのは、そのプレッシャーが決して彼女たちに向くことが無いからか。

一体何が彼女をそうさせているのか、度胸のある冒険者たちは殺意に耐えながら聞き耳を立てる。

「その事なら断ったよ。よく知らない男子だったし」

「ふぅん。良い雰囲気になったら邪魔かと思ってそのまま帰ったけど、無駄な心配だったかな」

「…………ほっ」

不意に殺意が霧散《むさん》する。

剣鬼の怒りが収まったのかと、冒険者たちが恐る恐る視線を向けた。

「それを言うならティオだってラブレター貰ってたじゃん！　私ばっかりに答えさせるのは不公平だと思わない？」

「むぅ……そうきたか」

しかしそうは問屋《とんや》が卸《おろ》さない。

再び押し潰されるような殺意に呑み込まれるタオレ荘。今度は白い修羅に斬殺されるという恐ろしい幻視まで見え始め、宿屋に居る者たちは恐慌状態だ。

「それでそれで？　相手は誰なの？」

「一学年上のケビンって人」

「それって女子の間ですっごい人気の人でしょ⁉　やっぱり付き合ったり……？」

「返事はまだしてない」

話が進むにつれて濃密になっていく殺気。この時点で食堂に居た半数の冒険者は泡を吹いて気絶した。

「……そうですか。そんな男子がいるのですか。これは親として、見定めなければなりませんね」

ポソリと何事かを呟く声がやたらと怖い。

彼女の愛娘は二人揃って非常に可愛らしい。あれだけの容姿なら、多少ませた子供が特別な関係になろうと迫るのも理解できる。

そしてその前に父親が立ち塞がり、母親は娘の見る目を信じて温かく見守るということも。

（（でも、あんたが父親側《そっち》でいいのか⁉））

しかしあの母親の場合、立ち位置が完全に逆転しているらしい。

冒険者たちは早く終わってくれと願い、それが出来ないのなら早く食事を済まそうと朝食を口に詰めるが、どうしても喉が通らない。

遂には女神への祈りを捧げる者まで現れ始めたが、終わりは始まりと同じように唐突に訪れる。

「ま、断るけど。正直今はそういうの考えられないし、お母さんが一番って感じだから」

「えへへ、私もー」

二人がシャーリィの腕に両側から抱き着いた瞬間、殺気は霧散して代わりに嬉しいような、恥ずかしいような雰囲気を醸し出し始めた。

「コラ、止めなさい。食事中にはしたないですよ」

「はーい」

言っていることとは真逆に、その声は明らかに一オクターブは高い。

先ほどまで濃密なプレッシャーを放っていた姿はどこへやら、必死に隠そうとしているものの、今は完全に娘に甘えられて嬉しがっている親バカそのものである。

後に、タオレ荘の住人である冒険者たちは、魔物の狂気に対する強い耐性を得るという噂が広まるのだが、それはまた別の話。

冒険者ギルドへ

かつて政治の深い場所で教育を受けていたシャーリィからすれば、各国の法や規則は現状未完成だと言わざるを得ない。

国家政府や民間組織ごとに各々規則を主張し、中でも冒険者ギルドはその最たるものの一つだ。

あくまで王国法での話になるが、国に流れ着いた浮浪者が、その国での戸籍を得るためには金貨一枚が必要となる。

三人なら金貨三枚。これはギルドの依頼でたとえれば、駆け出し用の依頼を二〜三回こなして得る事が出来る額だ。

何者でもない、何処の誰の生まれでもない全く新しい個人を作り出すという手続きという名目がある為、そこに一切の前歴は不要となる。

しかし、ただ戸籍があれば働けるという訳ではない。この二百年ほどで庶民の数字計算や識字率《しきじ》が爆発的に増加し、自分は読み書き計算が出来るということを証明することが就職の最低条件となった。

そしてその証明こそが学歴……大人向けの講習会、または九歳から十二歳までが受ける義務教育の修了証の存在である。

講習会でテストをクリアするか、民間学校に三年間通うことで修了証を貰えるのだが、どちらに行くにしてもやはり金が掛かる。

そもそも浮浪者など、金を持っていないのが当たり前で、本来戸籍を用意する金銭も無いのだ。ならば彼らはまともに働くことも出来ずに、ただ野に朽ちるしかないのか？　そんな声に応えたのが、冒険者ギルドだった。

法が関わらない民間同士の取引の下、命の危険が常に伴う代わりに、前歴問わず、無料で登録が可能な超大型派遣組織とも言える開拓団体。

世の冒険者たちが自由と冒険を求めて旅をする者が大半だが、戸籍と学歴を求めて戦う者も少なからず存在する。

しかし、浮浪者を救っている一方で、冒険者ギルドの方針は国が定めた法と真っ向からぶつかり合っている。

幾度となく政府とギルドの間で小競り合いが繰り返されてきたが、金銭的な事情のせいで死者が出ている事もあった為に国は黙認。

先を見据える事が出来る者なら、政府とギルドが互いのルールを主張し、非常時を除いて纏まる事のない状況は、まさに穴だらけの秩序であり、現に犯罪の温床《おんしょう》となる事もある。

シャーリィとソフィー、ティオの母娘は、そんな未完成なルールに助けられた形になる。

生活費と学費の為に、何より冒険者が意外と性に合っていることや、娘と過ごす時間を得る為にシャーリィは冒険者を辞めるつもりは無いが、すぐさま金銭を稼げたお陰でソフィーとティオに食事を与える事ができ、去年からは民間学校に通い始めた。

「それじゃあママ！　行ってきまーす！」

「ふわぁ……ん、行ってくる」

「はい。いってらっしゃい」

元気に手を振るソフィーと眠たそうに欠伸《あくび》をかみ殺すティオの後ろ姿を見送る。

教科書やノート、筆箱が入ったカバンを背負い、瞳の色以外の見分けを付けるためにセットされた、二人別々の髪形が春風に揺れた。

年相応に背伸びをしがちなソフィーは、大人っぽさを目指して髪を一房編み、前に垂らしている。

姉とは逆に無頓着《むとんちゃく》気味なティオは、申し訳程度にヘアピンを付けているが、それ以外の工夫は無い。

シャーリィのように腰まで伸びてはいないが、肩甲骨《けんこうこつ》を超える程度には伸びた白髪は、歩くのに連動して輝きながら舞う。

「ふぅ……行きましたか」

「行きましたか、じゃないだろ？　あんたの不始末なんだから、あんたも手伝いな」

日課である娘の見送りを済ますと、マーサが呆れた表情で後ろに立っていた。

「食堂にはあんたが気絶させた冒険者たちがいるんだから、全員ちゃんと起こしてやんな」

「うぅ……」

殺気の制御が出来ずに、思わず何人もの冒険者を失神させてしまったシャーリィは居心地悪そうに肩を窄《すぼ》める。

泡を吹いて意識を手放した彼らと違い、何故かマーサと彼女の夫は平然としていたが、異様に肝が据わっている夫婦であると知っているので深くは考えない。

「すみません。娘に集る害虫が現れたのかと思うと、つい」

「害虫って……」

愛娘たちの学友……正確には、二人に告白した男子を自然な口調で駆除対象呼ばわりしたシャーリィ。

「そうですよね……あの子たちも、そういう年頃なんですよね……」

「まったく、何狼狽《うろた》えてるんだい。あんたもあの子たちの親なら、どっしり構えてな」

「べ、別に狼狽えてなどいませんっ。私は娘の自主性を重んじているつもりですから……！」

否定しているものの、どんよりとした薄暗いオーラを出したり、図星を突かれて分かりやすいくらいに慌てふためいたりと、どこからどう見ても説得力の無い姿である。

「ただ、まだ未成年なのですからそういうのは早いと思っただけです。貴族なら政略上の問題で仕方ないとしても」

「えぇい、男の一人や二人で情けない！　あの子たちがこのまま成長したら、十や二十の男が寄ってくるかもしれないってのに」

「二十人⁉」

それは貴族令嬢として人生の半分以上を過ごし、残りは娘と戦いにのみ費やしてきたシャーリィには信じられない事だった。

一人、二人ならまだ分からなくもない。だがしかし、何十人もの男たちが愛娘に集る光景を思い浮かべると、気付かぬ内に殺気を放出しながら二振りのショートソードを握りしめるくらいに、彼女は狼狽えていた。

「ちょいちょいちょい！　そんな物持ってどこに行く気だい⁉」

「む、娘の所にです……！　護衛と駆除をしに……このままだと危ない……！」

「あーもう！　いいから落ち着きなっ！　あんた今日ギルドに呼ばれてんだろ？　食堂で寝てる冒険者もまだ起こしてないし、そんな時間は無いんじゃないのかい？」

「うぅ……っ」

自分が気絶させた冒険者たちの事を引き合いに出され、流石に勢いが収まるシャーリィ。

マーサとは九年以上の付き合いだ。初めは関わる事を拒絶していたものの、彼女の強引な性格で関わらざるを得なくなってからというもの、口論で勝てた例がない。

「民間学校じゃあ、ちゃんと先生方が見張ってるんだからそんな心配はいらないよ。あの子たちはあの子たちで結構しっかりしているし、こっちは営業妨害受けてんだ。そんな勝手はさせないよ？」

「わ、分かりました……言う通りにします。……ご迷惑をおかけして、すみません」

「うん、分かれば良し。次からはどうするんだい？」

「娘に男が近寄ってきても、対象者にのみ殺気を集中させます」

「んー……もうちょっと穏便にして欲しいところだけど、周りに迷惑かけないなら今はそれでいいか」

すごすごと冒険者たちの意識を覚醒させていくシャーリィ。跳ねるように体を震わせて起きた冒険者が彼女の顔を見るなり絶叫して逃げ出す光景を見て、マーサは大きく溜息を吐いた。

「まったく、アレさえ無ければ大した冒険者なんだけどねぇ」

娘を守ろうと常に必死である為に暴走する事がままあるが、今回の件は過去最大級と言える暴走の前兆に見えてならない。

このまま何も起こらない様にと心中で祈っていると、厨房から出てきた夫が重たそうな麺棒を片手にマーサに問いかけた。

「それで、ソフィーとティオに群がる男ってのは、何処のどいつだ？」

「あんたもかい!?」

パシーンッ！と、平手で頭を叩く音がタオレ荘に響いた。

冒険者……特に接近戦を得意とする職業の防具は甲冑《かっちゅう》が好ましいとされている。

中には籠手《こて》や具足、胸当てのみという軽装の冒険者も居るが、一撃一撃が致命傷になり得る魔物の爪牙や魔術を防ぐには、全身を防具で覆うのは単純かつ有効な手段だからだ。

しかしギルドが誇る《白の剣鬼》の防具は、手足の動きを阻害しない、ノースリーブのシャツのような鎖帷子《くさりかたびら》だけ。

物々しい頑丈なブーツを履いている以外、帷子の上に着るのは簡素なワンピースのみという姿は、街の外を歩いていても彼女を冒険者と思う者はいないだろう。

「……ふぅ……」

大剣を担いだ全身甲冑の大男や大きな荷物を納入することを想定して造られた木製の扉を開けると、中に居た幾人かの冒険者たちがこちらに視線を向けてくる。

詩で世間に知らされているように、ギルドの内部は酒場と共同になっており、朝から大きな骨付き肉を齧《かじ》る戦士や火酒を呷《あお》るドワーフと、見るからに豪胆な者たちが騒いでいた。

――うわっ。剣鬼じゃん。

そう呟いたのは誰だったのか、シャーリィでもこの喧騒《けんそう》の中では判別できなかった。

そんなどこか非難的な囁きや視線を無視して、シャーリィは受付嬢の元まで歩み寄る。

「そこで俺は敢《あ》えて盗賊共の砦を真正面から攻めたんだ！　警戒が全て俺に集中している間に、仲間が魔術で後ろから攻撃して、慌てふためく盗賊の頭《かしら》に一撃かまし、あとはもう大乱闘さ！」

「へ、へぇ～。それはご苦労様です」

「相手は武器を持った男が十人以上。俺は人数差を自慢の剣で覆《くつがえ》してだな」

「そ、そうなんですか。あの、そろそろ私は事務に……」

銅の認識票を下げ、バスターソードを背負った冒険者が亜麻色の髪を後ろで束ねた受付嬢に自分の武勇を聞かせ、熱心に口説いている。

むさ苦しい冒険者ギルドではよくあることで、華である受付嬢を口説こうとする冒険者は多い。

そしてそれが、冒険者の窓口対応を兼任する女性事務職である彼女たちの仕事の邪魔となっていることも。

「すみません。私も用があるので依頼報告が終わったなら退いてください」

「うげっ⁉　アンタかよ……」

受付嬢を口説いていたナンパな冒険者は、紛れもない絶世の美女であるシャーリィを見た途端に顔を顰《しか》める。

「何か？」

「……ちっ」

何処か矛盾した言動の男は、シャーリィが二色の眼で少し強く睨むと、舌打ちを一つして立ち去って行った。

受付嬢は表面上はにこやかに、内心では舌を出しながら男を見送ると、助け船を出したシャーリィに軽く頭を下げる。

「すみません、助かりました」

「別に用があったので話しかけただけです。それより、ギルドの方から話があると伺いましたが？」

「あ、はい。その事なんですけど、奥の方でお話しますので、応接間で待っていてください」

シャーリィを受付の奥の応接間へと案内した受付嬢は、彼女に紅茶を淹れた後、小走りで事務所へ戻って資料を取り、すぐに戻るが、扉を開けたところで思わず立ち止まった。

同じ女性でありながら、思わず見惚れてしまったのだ。椅子に座る姿からティーカップを口に運ぶ仕草までの全ての所作が洗練され、安物の茶葉と陶器の器が最高級品にも見える。

「ユミナさん、そんな所に立ってないで座ったらどうです？」

「は、はいっ！」

とても冒険者とは思えない優雅な姿にある種の尊敬の念を抱いていると、シャーリィは受付嬢……ユミナの方に目線すら寄こさずに告げた。

「ごほんっ。……えっとですね、本日お呼びしたのは、先日のゴブリン退治に関することなんです」

「……他の冒険者との冒険接触《ブッキング》なら話は済んでいるでしょう？　受注済み含め、ゴブリン関連の依頼全てに介入しても良いと認めたのはギルドではないですか」

「えぇ、そっちは問題ではありません。問題なのは、ゴブリンの巣と思われていた場所にドラゴンが居た事です」

シャーリィは訝《いぶか》し気に首を傾げる。

「確かにドラゴン自体珍しいですが……別にゴブリンの巣に居ても不思議ではないでしょう。どちらも知能の高い魔物なのですから、共生することくらい」

「いえ、そっちじゃないんです。実は最近、ウチのギルドで討伐依頼を出していたゴブリンや悪行狼《ヴァイスウルフ》のような知能の高い魔物の群れを、ドラゴンが従えているケースが他にも三件あったんです」

討伐すること自体が最高の栄誉とまで言われているドラゴンは、他の魔物と比べても数が少ない。

覇者たる種族が似たような状況で、合計四件現れるというのは確かに不自然だ。

「ただの偶然ならそれでも良いんです。ですけど、これらが何らかの理由があっての事なら、原因を突き止める依頼をギルドから強制し、Aランク以上の冒険者さんに突き止めて貰わなければなりません。これ以上無駄な犠牲を出さないためにも」

不意に、先日ドラゴンが現れたことで全滅寸前に追い込まれた若いパーティを思い出す。

今後もアレと同じようなことが立て続けに起これば、確かに悲劇的と言わざるを得ない。冒険に出なくなる者が現れるだろう。

「という訳でシャーリィさん」

「断ります」

「まだ何も言ってないのに!?」

「どうせAランクに昇格してくださいって頼みたいのでしょう?」

「うぐっ……確かにそうですけど……」

ギルド側の思惑は分かり切っている。規約上、Bランクのシャーリィをギルドの意向で義務的に出撃させられないので、何としてもAランクに昇格させたいのだろう。

「Aランクや Sランクなんて聞こえはいいですけど、要は非常時における軍隊じゃないですか。今の世の中、魔物関係の非常時が週に何回起こっていると思ってるんですか？」

何より、シャーリィは非常時だからこそ依頼より愛娘たちを優先したいと考えている。対応するにしても、真っ先に娘の元に向かって結界を張るだけでも彼女たちの生存率は大幅に上がる。

命より大事な愛娘の元に行く暇があったら魔物を倒しに行けといわれるAランク以上の冒険者など、シャーリィにとってデメリットが大きすぎるのだ。

「そんなぁ……そう言わずに昇格してくださいよぉ。私だって上の方から実力のある冒険者を何時までもBランクに留めるなってお説教されてるんですから！」

「知りませんよそんな事。大体、私はAランクに昇格する条件を満たしていないでしょう？」

「うぐっ」

非常時には他の冒険者やギルドの連携を重要視されるAランク以上の冒険者の昇格条件は、単なる実績だけではない。

ペア、もしくはパーティでの冒険実績を積み重ね、問題を起こしていないかを魔術を用いて徹底的に洗い出した上で、Aランクに相応しいと判断されて初めて昇格できるのだ。

「自分で言うのもなんですけど、こんな愛想の悪い単独《ソロ》専門冒険者、使えばバッシングを受ける特例でも使わなければ、Aランクになんてなれませんよ」

「それならパーティを組んでくださいよ～……」

「私と戦っても良いという冒険者が居れば、昇格はともかくパーティを組んでもいいんですけどね」

初めに断っておくが、シャーリィは男嫌いでもなければ人嫌いでもない。

過去に盛大な裏切りがあっただけに非常に猜疑心《さいぎしん》が強く、よく知らない相手に対する不愛想極まった態度こそが、他の冒険者の反感を買い、彼らとの溝を深めてしまっているのだ。

その上明らかにBランクに留まらない強さがあり、依頼も確実にこなすので下手に文句も言えずに余計に質が悪い。

「とにかく、調査依頼ならクエストボードにでも張り出しておいてください。都合が良ければ受けますので」

「都合が良ければ、じゃなくて必ず受けてほしいんですけど……はぁ」

シャーリィは温くなった紅茶を飲み干し、縋《すが》りつくような視線を送るユミナを一瞥することも無く応接間から出ていった。

予兆

「お待たせしました。次、シャーリィさん入って来てください」

「はい」

夕方を目前とした未半刻、依頼で街へ向かって来ていた食人鬼《オーガ》率いる魔物の軍勢を残さず首を刎《は》ねたシャーリィは、冒険者ギルドの裏手にある教会、ギルドが借りている報告室へと足を踏み入れた。

「お疲れ様です。どうぞ、お座りください」

部屋の中には神官を含め、ギルドの男性職員が大量の資料を机に置いて座っている。

彼らの仕事を簡単に表せば、冒険者がちゃんと依頼を達成したかどうかを見極めることだ。

現物を見せれば依頼達成と認められる薬草や鉱石採取とは違い、魔物の討伐報告は神官の立ち合いの下行われる。

「……《真偽・看破》。……何時でもいいです。始めてください」

短い詠唱を唱えると、神官が持っていた杖の先端が淡く光る。

母なる天空の女神に仕えるとされる彼らの操る魔術は、傷を癒すものから解毒、呪いの解呪と多岐にわたり、冒険者ギルドから国の行事まで、様々な分野で活躍している。

今回、この報告の場で神官が使用したのは、言葉の真偽を見分ける《センスライ》と呼ばれる魔術だ。

角や耳を取ってきたくらいでは魔物の討伐は証明できない。だからと言って、生首を持ってきて街へ戻る訳にもいかない。

サイズによっては持ち運ぶことも出来ないであろうパーツよりも、冒険者の報告に嘘偽りないかどうかを見抜く方が簡単なのだ。

「それでは、依頼報告をしてください」

「今回の依頼は、街へ向かって徐々に縄張りを広げていたオーガと、その配下の魔物の討伐です。オーガ一体、ゴブリンに悪行狼《ヴァイスウルフ》をそれぞれ二十四体と十三体を討伐。確認できた範囲では、討ち漏らしはありません」

淀みのない口調で淡々と告げるシャーリィに神官は少し間を置いてからしっかりと頷く。

「……母なる天空神の名に誓って、彼女の言に嘘が無いことを誓います」

「分かりました。お疲れ様です、シャーリィさん。こちらをお渡ししておきますので、後はいつも通りに」

事務職員から渡されたのは、交叉する剣と杖を象った赤い判……ギルドの紋章が押された依頼書だ。

これを受付に渡すことで正式に依頼報告が終了し、報酬が支払われる。かつては報告にここまで手間は掛からなかったらしいが、冒険者ギルド本部の創設当初、依頼の虚偽報告が後を絶えなかったのが理由とのことだ。

「依頼を達成しました」

「お疲れ様です！　オーガの討伐を単独《ソロ》、報酬は一纏めにしておきますね！」

他の冒険者の対応に追われているユミナを横目で確認し、彼女に話しかけられない内に硬貨の詰まった布袋を持って退散する。

もうじき茜色に変わる陽が照らす街を歩く。思っていたよりも早く依頼が片付き、今日は愛娘に夕飯を作れそうだと意気込んだシャーリィは布袋を握りしめる。

一度宿に帰り、心なしか軽い足取りで出向いたのは、街の食を司り、日々大勢が賑わう食材市場だ。

辺境の街には武器や防具、ポーションを筆頭とした医薬品の生産は活発だが、食材の生産が殆《ほとん》ど存在しない。

近くに牧場はあるものの、それだけで街一つを賄えるわけがない。一番近い都や農村に繋がる街道を通ってくる輸入食材ばかりで、本来なら割高になるところだが、全てのギルドを統括するギルドマスターの意向で食品や日用品の出荷をギルドでサポートされているため、生産地並みの安価を誇る。

「チーズが安いですね」

主婦たちに混ざって特売品を狙う白髪オッドアイの美女は、とんでもなく場違いな雰囲気だ。

思わず振り返る通行人の眼も気にせず、特売の食材を見つけては次々と購入していく。

「……ふふ……」

今日の戦果である金銀貨でチーズや鶏肉、タマネギなどの野菜を購入して買い物袋に詰めたシャーリィの口元が小さく綻《ほころ》ぶ。

宿には小麦粉や卵も置いていた。前回はソフィーの好物である牛のシチューを作った。なら今日の夕飯は、ティオの好物であるミートパイにしよう。

こうやって市場に行って食材を買い、レシピを考えるのは、公爵令嬢で皇太子の婚約者だった頃には考えられない生活だ。

しかしそれも娘の喜ぶ顔が見れると思えば、冒険から帰った後でも何の苦労にも思えない。

「あっ！　ママ！」

両手に食材が詰まった買い物袋を持って帰路につくと、学校帰りなのか、後ろからソフィーが走り寄ってきた。

「おかえり！　今日の依頼は終わったの？」

「えぇ。ティオはどうしたのです？」

「うん。ちょっと用事があるんだって」

今朝の事を思い出し、再び殺気が漏れ出そうになるが、慌ててそれを収める。

断るつもりだと、娘は言っていたではないか。

「それ、今日の晩御飯？」

「はい。ミートパイでも作ろうと思いまして」

「え～、シチューが良いなぁ」

蒼い眼でこちらを見上げ、どこか冗談めいた口調で強請《ねだ》るソフィーに思わずグラリと来るが、そこは母として公平性を掲げて愛娘の願いを退ける。

「昨夜の夕食はシチューでしたからね。順番的に、今日はティオの好物です」

「はぁい、仕方ないなぁ。……私も荷物持つよ」

「では、片方お願いしましょうか」

軽い方の荷物を渡し、赤みを帯び始めた街を並んで歩く白髪の母娘は、その共通する面影や穏やかな空気も相まって、何処にでもいる普通の母娘か姉妹に見えた。

飛び抜けた美貌を持つ以外は至って平和な家庭。何の事情も知らぬ者が見ても、よもや母親が血で血を洗う様に戦う冒険者だとは思いもしないだろう。

「あ」

不意に、ソフィーの足が止まる。その視線の先には、一軒の装飾品店が建っていた。

「あの店がどうかしましたか？」

「え⁉　ううん、何でもないよ⁉」

「…………」

慌てた様子で再び歩き出すが、最後に一度だけショーウインドウに飾られた翡翠を嵌め込んだロザリオを一瞥していたのをシャーリィは見逃さなかった。

単なる装飾への憧れか、それとも学校で何かあったのか、少なくともソフィーの所持金……贅沢をさせ過ぎないように月に金貨一枚のお小遣い制……では購入できそうにない本物の宝石を使った品に対する憧れの視線だ。

（そう言えば、この王国では成人と同時に装飾品を……といった習慣がありましたね）

帝国人であるシャーリィには馴染みの無い文化だが、王国では成人した我が子や武術魔術の弟子に一人前の証として、送り主から受取人へといった感じの文字を刻んだ装飾品を贈る。

たとえどんなに離れたとしても見守っている。そんな想いと、旅立つ者への祝福を込めて、見守ってきた者たちは毎年のように凝った品を新成人に贈るのだ。

（……準備は早い段階の方が良いですよね）

シャーリィは人知れずに決意する。

将来の為を想えば、一々物を買い与えるという贅沢は慎むべきだと彼女は考えている。

しかし、腹を痛めて生んだ愛娘二人の成人祝いに拘《こだわ》り抜いた装飾品を贈ることは許容されてしかるべきだ。

（私自ら素材を調達し、超一流の職人に作らせる……これが真の親孝行ならぬ子供孝行……！）

普通なら木彫りかセンスのいい品を探して贈るところなのだが、そこは流石冒険者と言うべきか、宝石の原石から土台の金属まで全てを調達することを誓う《白の剣鬼》。

素人が作るよりも一流職人に完成を委ねるのは元貴族令嬢らしい発想、せめて自分が制作に携わったという証に、素材全てを自ら調達するというのはかなり突飛な発想だが、幸か不幸かそれを指摘できる者は存在しなかった。

（狙うならジュエルザード鉱山ですがね）

ジュエルザード鉱山は辺境の街から少し離れた場所に位置する、王国有数の宝石や貴金属が多く採取できる、天然の宝石箱とも呼ばれる場所だ。

しかしその特性上、ドラゴンの住処にされやすい上に魔物の生息域にある為、誰の管理下にも無いらしい。

資産家や貴族、果てには王族すら欲しがる野晒しにされた財宝の山だが、冒険者に依頼して鉱石を採取してもらうしかないのが現状だ。

（宝石採掘の依頼は偶に見かけますし、今度見つけたら一緒に娘の分も採掘してしまいましょう）

シャーリィは物のついでの様に考えているが、ドラゴンが居座っている可能性は普通二の足を踏むもの。

しかしその事を承知した上で気にも留めずに口に指を当てて思索する母に、ソフィーは首を傾げる。

「ママ？　さっきからどうしたの？」

「いいえ、何でもないですよ」

どうせならサプライズが好ましい、などと考えながら、シャーリィは娘と共に宿の扉をくぐるのだった。

夜の帳《とばり》が下り、冒険者たちの数が極端に少なくなった営業終了前のギルドで、ユミナは盛大な溜息を吐いた。

今日は支部長から理不尽なお小言を貰った。世界トップレベルの冒険者、剣士の極地にいるという《白の剣鬼》にAランク昇格を頷かせられないなんてどういう事だ、と。

元々、昇格には本人の同意が必要不可欠で、数多く存在する冒険者の中には自由の束縛を嫌って昇格しない、Bランクに埋もれた強者が大勢いる。

シャーリィも言ってしまえばその内の一人に過ぎないのだが、Aランク《超人》がパーティを組んで討伐するドラゴンを単独撃破……それも瞬殺できる冒険者を、天災級と呼ばれる魔物の対策をする者たちが放って置くわけもなく、各方面から圧を掛けられている支部長の圧が、理不尽にもユミナを押し潰していた。

「あぁもぉ……ただでさえ昇格は本人の自由意思なのに、あんな頑固な人どうやって説得すればいいの……!?」

理不尽な無茶振りをしてくる支部長なんて禿《はげ》ればいいと、ユミナは心の中でありったけの呪詛《じゅそ》を唱える。

(でも、支部長の言っていることも、一部正しいのよねぇ)

母親になった経験こそないものの、同じ女として子供を優先したいというシャーリィの気持ちは、何となくだが共感できる。

しかし民衆を救う役割を持つギルドとしては、実力のある冒険者には可能な限り非常時に対応してほしいというのも本音だ。

シャーリィとはユミナがギルドに赴任してきた五年前からの付き合いになるが、到底Bランクに納まるような冒険者では無いということを誰よりも近い場所で見てきた。

山岳に住まう狂える黒龍を討ち、王都を恐怖に陥れた吸血姫の首を封じ、達成不可能と呼ばれたダンジョン攻略を女だてらに単独で成し遂げたシャーリィは、ユミナには憧れの存在なのだ。

しかしその愛想の悪さゆえに正当な評価を得られず、本人もまたそれを望んでいないという事実は、押しつけがましいと理解し切った上で尚、見ていてヤキモキする現状である。

（せめてパーティを組ませる事が出来れば良いんだけど）

協調性がない訳ではないが、それをいとも容易く覆い隠してしまうくらいに愛想が悪いシャーリィの交友関係は極めて狭い。

冒険者の中では彼女と親しげに会話する者もパーティを組んだことがある者も皆無だ。これは当然と言えば当然と言える。

どれだけ見た目が良く実力があったとしても、態度が悪い者の存在とチームワークの乱れは、死ぬ事と同義だ。

一行の和を乱しかねない不穏分子など、誰が好き好んで加えたがるだろうか。少なくとも自分が逆の立場だったら御免被りたい。

しかし、パーティを組ませることが落としどころであることも事実。Aランク昇格条件を満たして頑張りをアピールしつつ、シャーリィの指針も守る。

それが受付嬢に付けられる、精一杯の落としどころだ。

「せめてシャーリィさんの目的と一致してて、人手を欲しがっているパーティが居ればなぁ」

時は遡《さかのぼ》り、新人冒険者より

この世界は極めて残酷だ。

蔓延る魔物、特に狡猾《こうかつ》な知恵ある怪物共にとって人類種はまさに餌であると本能が物語っているからだという。

そんな恐ろしい生物たちに真っ先に餌食となるのは、直に戦う冒険者や騎士たちではなく、何の力も持たない女子供だ。

彼らに倫理観や善意と言うものは存在しない。むしろ悲鳴を好み、人と同じように柔らかな肉を好んで喰らう、生物としては当然ともいえる嗜好《しこう》の持ち主。

ゴブリンが女子供を好んで攫う理由が正にそれ……筋肉ばかりの男よりもそちらの方が美味いからだ。

柔らかそうな体をした人の子供に目を付けた子鬼共は、大人が居ない瞬間を見計らって武器を片手に襲い掛かる。

木霊《こだま》する悲鳴と絶叫。響くのは肉を潰す音。やがて動かなくなった幼子たちを巣へ持ち帰り、焼いて喰らうは醜悪なゴブリンたち。

こういった光景は、この世界ではよくある事だ。

弱者は肉となり、強者はそれを食らう。法と秩序を司る人であったとしても、外から襲い掛かる暴虐に晒されないかと言われれば、答えは否だ。

この世界、どう生きていたとしても魔物に殺されることがあり得る。そしてそれは、魔物たち自身にも言えることだ。


「ふぅ～……よしっ」

辺境の街から少し離れた峡谷。近くにある牧場から鶏をゴブリンに盗まれたという依頼を受けたカイルは震える手をギュッと握りしめて体の震えを振り払う。

ゴブリンを筆頭とした雑魚と称される魔物はすぐに増える。勇名轟《とどろ》く《白の剣鬼》が街の周辺のゴブリンを根絶やしにしたらしいが、遠くから移り住んできたのか、はたまた稀に生まれるという全てのゴブリンの母である女王が潜んでいたのか、一度は姿を消したはずの子鬼共は再び出現し始めた。

「アレがゴブリンの巣か」

連れだって歩く二体のゴブリンが入り口の広い洞窟に入っていく姿を、遠くから双眼鏡を使って確認する。

誰もが知る最弱の魔物。その姿は彼にとって恐怖の記憶、その根底にあるものだった。眼を閉じれば今でも思い出す。初めてパーティを組んだ仲間たちが、ゴブリンに嬲り殺され、突如現れた竜に食い千切られる姿を。

あの冒険以降、戦うことの真の恐怖をその身で実感したカイルは一度本気で冒険者を辞める選択も考えた。

未だ十五歳、魔物の無秩序と残虐性は少し剣と魔術に覚えがある程度の未熟者を挫折させるには十分すぎる。

（……それでも！）

恐怖は未だ残っている。これはきっと、一生無くなることは無いだろう。

それでも、絶体絶命の危機に現れた白い髪の剣士の後ろ姿に憧れてしまった。

たとえどれほど愚かな選択だと罵られても、カイルは男だ。育った場所を救う他にも、自由と名誉を求めたからこそギルドの扉を開いたのだ。

己の命と名誉を天秤にかけ、前者を取るのは確かに賢い選択だろう。反対に後者を選べば馬鹿者呼ばわりされるのが当然。

それを理解した上で、カイルは憧れに追いつくために冒険者として生きる道を選んだ。

恐れたままでもいい。初めに思い描いた華々しい戦いではなく、どんなに泥臭い戦いでも良い。

初めからあんな風に戦えるなんて思い上がりだ。

カイルは片手ですぐさま荷物を取り出せるように工夫して作った大きなポーチの中身や装備を再

度確認する。

今日この日の為に、丹念に研いだ鉄のショートソード。

デザインを度外視した取り回しの良い小さめの盾。

頭部を覆う安物の兜《かぶと》とレザーアーマー。資金不足により自作した木の手甲と脛当《すね》てのベルトを外れないように強く締めあげる。

痛み止めや解毒薬、更には少ない所持金を叩《はた》いて購入した魔力回復の霊薬。

縄に水筒、サバイバルナイフの三点セット。

「今使える魔術は四つ……道具を含めてこれが僕の武器だ」

光源を作り出し、光量を操作する《フラッシュ》。

火球を撃ち出して敵を焼き払う初級攻撃魔術《ファイアーボール》。

単純明快な身体強化魔術《フィジカルブースト》。

切り傷や擦り傷など軽い怪我くらいならその場で完治し、重症でも応急処置になる《ヒール》。

(数に入れなくても問題にならないくらい魔力消費が少ない《フラッシュ》は何回でも使えるけど、他の魔術は使えてせいぜい四回か五回くらい……逃げる時用の《フィジカルブースト》を使う分を除けば、霊薬を飲んでも七回が限度か)

回復分も計算し、保険を加えればどの程度魔術を行使できるかを頭に叩き込む。切り札たり得る魔術が使用できなくなった瞬間が最後の引き際だ。

「よしっ！　行こう！」

バシンッ！　と、両手で自分の頬を叩いて気合を注入する。

とてもゴブリンを倒しに行くとは思えない、異様な気合の入りようだと冒険を知らぬ者は嗤《わら》うだろう。

実際にその通りでもカイルは構わない。これはただのゴブリン退治ではなく、過去の挫折と恐怖を乗り越えるためのリベンジ、再び冒険者として立ち上がる再生の儀なのだ。

死ぬつもりは毛頭ないが、たとえこの戦いで無残に命を落としても悔いは残さないという気概で洞窟の前まで辿り着く。

「《球体・発光》」

カイルが短い詠唱を唱えると、掌から光の玉が発生し、暗い洞窟内を照らし出す。洞窟探査によく用いられる魔術、《フラッシュ》だ。

「魔術じゃなくて松明かランプを持ってきた方が良いかもしれないけど、手が塞がるのは嫌だし、仕方ないかな」

魔術とは、魂と精神に宿る力である魔力を燃料にして自分の深層心理に暗示をかけ、世界の法則に干渉する学問技術だ。

最古の存在は己が思い描いたとおりに物質や概念を生み出し、世界を創造したという。

原理としてはそれと同じとされ、長い時を経て細かい理論や工程が確立されるようになり、術式や現象に対する高度な知識と魔力を操る訓練が必要とされる代わりに、誰にでも使える人類種の武器となったのだ。

「でも《フラッシュ》なんて簡単な魔術に詠唱しているようじゃまだまだかなぁ。現にあの人は無詠唱で剣を作り出して？——たし」

暗示という工程が必要なため、口頭で原因、過程、結果を発する詠唱を使う者が大半だが、別に言葉でなくてもハンドサインを使う者も居れば、《白の剣鬼》のように無詠唱で発動させたりと、魔術発動のキーは様々だ。

「今は無い物強請《ねだ》りをしても仕方ない、か」

考えを切り替え、ゴブリン退治に攻略に集中する。闇夜でも目が見えるというゴブリンが住むにはうってつけの洞窟を、松明と同じ程度の光量で照らしながら慎重に奥へ進んでいく。

「今のところ、罠は無し、と」

ゴブリンに限らず、人に極めて近い形をした魔物というのは総じて狡猾だ。

かつて子鬼たちを考え無しの馬鹿扱いして後ろから不意を突かれた経験を活かし、カイルはギルドに居る冒険者からゴブリンと戦った時の経験則を聞き回り、知識不足を補った。

曰く、子供に群がれる程度だと甘く見ていたら、全員が武器を手にしていて死にかけた。

曰く、鳴子が仕掛けられていて、それに気づかずゴブリンに囲まれて仲間が一人死んだ。

曰く、ゴブリンしかいないと思っていたら、三面六臂《さんめんろっぴ》のオーガが現れた。

曰く、暗い洞窟の陰に隠れた横穴を見逃したせいで、挟み撃ちにあった。

ゴブリン程度と、侮った挙句に無残に殺される冒険者は少なくない。その事はカイル自身が身をもって知っている。

子供程度の体格と知能しかない魔物。それは裏を返せば幼い人間並みに悪知恵が働き、身軽であるということだ。

今回の依頼によると、ゴブリンが現れたのはつい最近の事で、数も少ないらしいが、もう相手を見下して死にそうな思いをするのは御免だ。カイルはゴブリンが隠れていそうな横穴が無いか、罠が張り巡らされていないか、まるで超がつくほどの危険な遺跡を調べるような入念な準備と慎重さで子鬼の巣を進む。

「ギャギャ」

「ゴブ」

「っ！」

奥から響いてきたゴブリンの鳴き声に思わず声が出そうになったが、どうにか口を手で防いで止める。

光球の光を最小限にし、物陰に潜んで様子を窺《うかが》うと、人間には理解できない言語で会話をしているゴブリンが、声の数からして二体。

前例を考えれば、それぞれ武器を持っているだろう。

「……ふぅ……はっ……」

最初の仲間の死が脳裏に過り、恐怖が蘇って呼吸が荒くなる。

ガチガチと鳴る歯と再び震える手を強引に締め上げ、もう一度物陰から子鬼共の姿を窺う。

〈《ファイアーボール》で……いや、まだだ〉

魔術で遠距離から不意打ちをしようとしたが止めた。今は使う時ではない。

ゴブリンの巣と言っても、この先にどんな魔物と予期せぬ遭遇《エンカウント》するか分からない以上、手札は出来る限り切らずに残しておきたい。

足りない経験則。それでも考えることは止めずに知恵を振り絞り、カイルは一つの小石を拾い上げた。

手首の力だけで軽く投げ、洞窟内にカツーンと石と岩がぶつかる音が反響する。

「ゴブッ？」

「ギャ？」

ゴブリンたちは音がした方角……カイルが物陰に隠れている場所まで歩み寄ってきた。

待ち伏せされていることを警戒しているのかしていないのか、ゆっくりとしたゴブリンの足音が近づいてくるのを聞きながら、剣を力強く握る。

片膝を地面に付け、何時でも立ち上がれる体勢でゴブリンを待ち構えるカイル。そして忌々しい子鬼がすぐ傍まで近づいた瞬間、光球の光を強くし、ショートソードの切っ先を向けながら襲い掛かった。

「ギャ……ガァ……!?」

「ゴブッ!?」

喉を一突きされ、血泡を吹くゴブリンには気にも留めずに素早く剣を引き抜く。

「ギャギャ……ギュ……ゴ、エ……！」

剣に連続で硬い物がぶつかる感触が手に伝わる。

仲間を呼ぼうとしたのか、甲高い叫びを上げそうになったゴブリンの喉を狙ったつもりが、切っ先がブレて刃が口に突き立ったのだ。

ゴブリンの歯に擦れただけで済んだのは幸いと言うべきか。上手く大口を開けたところに突き刺さったが、下手をすれば歯で止められて致命傷にならなかったかもしれない。

「……やっぱり、あの人みたいにはいかないか」

一閃で相手の急所を的確に裂く《白の剣鬼》の剣を反芻《はんすう》し、真似して喉を狙ってみたものの、やはりというべきか、その動きはたどたどしいものだった。

複数を相手に一々急所を狙って剣を振るのは意外と難しい。刃をしっかりと立てることも意識すれば実戦と訓練の違いはより如実《にょじつ》に表れ、それが一手も二手も遅れを生じさせるのだ。

「魔力は必要な時を考えて使った方が良いよね。……とりあえず剣の腕を磨いていこう。練習すればいつかスマートに倒せるだろうし」

努めて前向きな発言をするカイルだが、そんな考えは甘いと思い知らされることとなる。

本当にゴブリンの巣を進んでいるのかと思われるほど慎重に前へ進み、発見と同時に物陰におびき寄せるか待ち伏せするかして確実に息の根を止めていく。

だが敵を斬れば斬るほどショートソードは血脂《ちあぶら》に濡れ、骨を叩く度に切れ味が落ちていくのが分かる。

間近でよく見れば、切っ先が少し潰れていた。刃から伝う血が手を濡らし、滑ってすっぽ抜けそうだ。

「ゴブゥッ⁉」

「げっ⁉　しまった！」

そして、その懸念はまさに最悪のタイミングで訪れた。

十数体目のゴブリンに止めを刺そうと喉を横一文字に裂こうとした時、疲労で剣筋が大きくぶれ、肩に向かって斜めに振り降ろされた剣は骨に当たった拍子に血で滑って手から飛んでいく。

カァンッ！　と甲高い音を立てて反響する安い鉄剣。ゴブリンは肩に深い裂傷を負っただけで、怒りをその目に宿して棍棒片手に襲い掛かってきた。

「う、うわあああああああああああっ⁉」

半狂乱気味になったカイルは咄嗟に拳を突き出す。本来武器を持った相手にそれは下の下策だが、相手の獲物が鈍器であり矮躯《わいく》なゴブリンという条件に助けられた。

まさに交叉《こうさ》の一撃。木製の棍棒は同じく木製の手甲にぶつかり、渾身の右拳がゴブリンの顔に突き刺さる。

そこから先はもう滅茶苦茶だ。吹き飛ばされて地面に背中を打ち付けたゴブリンを片足で押さえつけながら我武者羅《がむしゃら》に拳を振り下ろす。

肉を潰し、骨を砕く手応えすら感じず、ゴブリンが絶命してからもしばらく殴り続けたカイルは、息を荒くしながら冷静さを取り戻した。

「はぁ……はぁ……な、何とか……切り抜けたけど」

すっぽ抜けた剣を回収し、光球で照らしながら確認すると、血脂で滑る刀身は幾度となく骨にぶつかり、終いには最悪の角度から岩の地面に落ちたせいで大きな刃毀れが出来てしまっていた。

元々武器屋の樽に数打ち物として入っていた安物の剣だ。ゴブリンを十数体切り殺せれば御の字だったが、まだ奥に続いている場所があることを考慮すると、このままでは心許《こころもと》ない。

「でも新しい武器なんて、そんな都合のいい物は……」

ゴブリンが持っていた剣や槍を使うという手段も考えたが、いずれも錆や刃毀れが目立つ古い武器ばかりだ。

これは一度撤退を考えた方が良いかもしれないという発想が浮かんだその時、最後に殴り倒したゴブリンが持っていた棍棒が目に入った。

手に取り、何度か振ってみる。一撃で致命傷を与える意味では刃がある武器が勝るであろう、木から直接削り出したかのような雑な造りの武器。

しかし、剣以上の重量と密度に裏付けされた打撃力と刃毀れを気にしなくても良いという安心感は今の状況では酷く頼もしく見えた。

「ただ、僕が描いてた冒険者像とは何か違うんだよなぁ」

剣は勇者も使う花形武器で、棍棒はいかにも山賊が使いそうな三下の敵役の武器。そんな勝手なイメージがあった。

しかし今の状況、理想や憧れとは違っていたとしても選《え》り好みをするほど愚かではない。

新しく手に入れた獲物で掌をパシッと軽く叩き、カイルは洞窟の最深部へと足を進めるのであった。

ゴキッ！　という音と共に骨を割る感触が棍棒を握りしめる腕に伝わる。

その重量と腕に掛かる負荷を裏切らない横薙《よこな》ぎの一撃はゴブリンの顎を砕く。

「やあああああっ!!」

「ゴギュゥッ!?」

「ギャッ!?」

まだ致命傷に至っていないが、脳を揺らされて倒れるゴブリンの首を力一杯踏みつけ、もう一体のゴブリンの頭蓋を目掛けて真上から棍棒を振り下ろす。

頭蓋が割れ、衝撃で眼球が飛び出させて絶命する小鬼。両手で握りしめた短剣を突き出しながら向かってくるゴブリンの一撃を盾で真正面から防いだ。

いくら子供程度の体格と言えど、その体重は三十キロ以上はある。それだけの質量の全速力が生む衝撃に思わず踏鞴《たたら》を踏むが、装備を含めた体重差ならこちらが圧倒的に有利。

カイルは蹴り倒したゴブリンを足で押さえつけ、絶命するまで棍棒を振り下ろした。途中何度か外して岩の地面に獲物を叩きつけ、跳ね返ってきた衝撃に武器を手放しそうになったが、武器は手放さないという基本を意識しながら棍棒を握る握力を強める。

「ゴ、ゴブッ……！」

「あ!?　待てっ！」

その凄惨な光景に恐れをなした最後の一体は、カイルの隣を通り過ぎて洞窟の外へと逃げ出そうとした。

だがしかし、すぐに追いつかれて壁に叩き付けられるゴブリン。その子鬼の頭を大きく振りかぶった棍棒による渾身の一撃が頭蓋ごと脳を砕く。

洞窟を占拠した邪悪な魔物は順調にその命を刈り取られていった。

「良し……！　良し、良し……！」

血に酔って高揚した気分を、大きく息を吐き出すことで鎮める。

洞窟探索を開始して既に二時間は経過しただろうか、何度かゴブリンの一撃を受けそうになって危ない場面があったが、Eランク冒険者一人にしては十分なほど順調にゴブリンを退治し、カイルは倒れるように地面に座り込んだ。

「はぁ……はぁ……！　さ、流石に、疲れた……！」

棍棒の振り過ぎで感覚が無くなった手を投げ出すように地面に付ける。

小休止として水と、やたらと口の中の水分を吸収する小麦が主成分の携帯食料を取り出し、バリバリと音を鳴らしながら咀嚼《そしゃく》する。

硬さはあるが脆《もろ》く、特に味がある訳でもないソレは、ただエネルギーの補給と腹を膨らませることと、そして安さだけが自慢の人気なのか不人気なのか判断に困る一品だ。

容赦なく口内の水分を吸収して貼り付く携帯食料を水で流し込み、一息ついたカイルは棍棒を見下ろしながらポツリと呟いた。

「棍棒……普通に強いよね」

アレから何体ものゴブリンを相手に奇襲と撲殺を繰り返しているが、疲労以外が原因で威力が一切落ちない武器というのは、新米冒険者には非常にありがたい存在だ。

殺傷能力こそ、きちんと刃を立てた刃物に劣るものの、それらに必要な技術を一切省いて首から上を叩けば十分威力が出る木の棍棒は、意外と性に合っている。

「依頼が終わったら、メイスを買うお金でも貯めようかな？　あー、でも剣で戦うのも捨て難いんだよなぁ」

戦場において憧れを取るか、実用を取るか。ゴブリンに警戒しながら休憩するカイルは実に悩ましい選択に心を揺さぶられていた。

生き残るためにはどちらを優先させるべきかは理解できるが、《白の剣鬼》の雄姿を見れば憧れを取りたいと思うのは、どうしようもない男心というやつだ。

「……それにしても」

そんな少年の悩みはとりあえず放置することにしたカイルは、最後に倒したゴブリンの死体を眺める。

子供のような体躯《たいく》の魔物の中でも、一際小柄な子鬼は岩壁にもたれ掛かって血を流しながら絶命している。

「奥に進めば進むほど、小さいゴブリンが増えてきてるんだけど、コレってどういうこと？」

彼が先輩冒険者から聞いた話でも、そういう習性を聞いたことが無かった。巣には多少外見に違いはあれど、どれも似たような体格のゴブリンしか居なかったということだ。

他の話を聞いていない冒険者なら理由が分かる者も居るかも知れないが、今持つ情報では確信には至らない。

（でも体が小さいってことは、若いとか子供とか、普通に考えればそういう事……だよね？　ゴブリンの巣の中に、子供がいるって事は……）

嫌な想像が心臓を震え上がらせる。

この世に数多存在する魔物の生態調査結果など世間に出回る事は殆どないが、有名どころの魔物の生態はその限りではない。

そんな有名な魔物の一種であるゴブリンは女王と呼ばれる個体の単一生殖によって生まれる魔物だ。

女王から生まれたゴブリンには二通りの生態が存在し、一つは成体になると同時に巣から出て群れになって各地を渡る個体群、もう一つは女王と、次代の女王を守る個体群だ。

ここで問題になるのは、一般的に成体のみで構成された渡りのゴブリンの群れには存在しない筈の、子供のゴブリンがいたということ。

「もしかしてここ、ゴブリンクイーンの巣？」

ゴブリンクイーン。それが極稀に存在する子鬼の女王の正式名称だ。

子供程度の体格しかない筈のゴブリンだが女王だけは話が別で、まるで蜘蛛のメスの様に通常《オス》のゴブリンの二倍……約二メートル程の長躯を持つ魔物である。

この巣が出来たのはごく最近でまだゴブリンの数は少ないが、放置すれば一週間もしない内に大幅に増え始める可能性もある危険な魔物だ。

「あそこが一番奥……かな？」

依頼書によると、ここは昔の炭鉱だったらしい。

実際、洞窟の最奥へ辿り着くと、そこには人間の真似事をしているのか、暖簾《のれん》のような布がかけられた採掘場の入り口、その奥から無数のゴブリンの鳴き声が聞こえてくる。

いずれも子供らしい高い声が殆どだが、耳を澄ませばその中に地を這うような低い声があるのも分かる。

（うわぁ〜、アレ絶対居るよ……僕ってばまた予期せぬ遭遇《エンカウント》するとか、どれだけツイてないんだ……！）

洞窟内の状況を考えるに、十中八九ゴブリンクイーンだ。しかも今が繁殖期《はんしょくき》だと仮定すれば極めて凶暴な時期の。

（どうする……？）

撤退という言葉が脳裏を過る。確かに、ゴブリンクイーンはEランク冒険者でも倒すことがある魔物だが、未熟者にとっては強敵に他ならないのも事実。

単独で子鬼女王を討伐する危険を考慮しての撤退という選択肢だが、ゴブリンの巣程度から逃げ帰ったと思うことなかれ。

二メートルほどの魔物が武器を手にし、躊躇《ためら》いを一切持たずに殺意と共に全力で襲い掛かるのは、ただそれだけでも危険なのだ。

それが新米の未熟な冒険者だと尚の事。中にいるゴブリンの数も考えれば、無策で突入するのは自殺と同義であり、撤退を選んだとしても彼に非は無いだろう。

（でも……ここで逃げる訳にはいかない）

だが忘れてはいけない。今回の依頼は、冒険者カイル再生の儀なのだ。

敵は強敵、だからどうした。困難強敵に命を懸けるのが冒険者……ここで逃げれば誰も責めはしなくても、自分自身がカイルを責めるのだ。

（こんな時こそ落ち着いて、どうすればいいか考えろ……！）

今、自分にできることを改めて確認する。

これまで慎重に慎重を重ねて進んできたおかげで、剣以外の装備は無事で道具は丸々残している。武器のみでゴブリンを倒してきた甲斐もあって魔力は十全。体力も休憩したおかげで不安になるほど消耗していない。

他に役に立ちそうなのが冒険者セットの内の二つである縄とサバイバルナイフ。水筒は流石に使い道が無いので除外だ
（そして現状、一番使えそうなのが魔術）

光球に火球、回復に身体強化。新人らしい魔術のラインナップを頭の中で反芻する。金欠で一本しか買えなかった高価な魔力回復薬も使用しなければならなくなるだろう。

（ゴブリンの数が分からないのが厳しいな……とりあえずゴブリンクイーンには致命傷になるまで

《ファイアーボール》を当てたいんだけど）

自分よりも体格のあるゴブリンに接近戦はしたくないが、そう簡単に何発も当てさせてくれるほど相手も間抜けではないだろう。

ならどうすればいいのか。カイルは持ち得る知識を総動員させながら長考し、やがて決心がついたように顔を上げる。

「……ふぅ……よしっ！　ど、どぉりゃあああああああああっ！」

緊張を解すように大きく息を吐く。体の震えが収まるのを確認すると、叫び声を上げながら採掘場へ突入した。

「ゴブッ!?」

「ギャギャギャギャ!!」

「ゴォオオオッ!?」

中に居たゴブリンたちの視線を一身に浴びる感覚を感じる。暗闇の中でも対応できる彼らの眼には、突然現れた侵入者の姿をはっきりと映し出しているだろう。

誰の眼から見ても無謀にして無策な特攻。しかしこれは紛れもない奇襲だった。

「《炸裂》！」

腕で目を覆い隠して短く唱える。

そのたった一節の詠唱により、マッチの火ほどの僅かな光を放っていた光球が、洞窟全体を照らし出す太陽の如き閃光となった。

《フラッシュ》は魔術師が一番初めに覚える初級魔術だ。その使い道は主に洞窟など暗い場所の探索だが、その真価は光量の強弱に限度が無いという一点。

「ゴォオオオオオッ⁉」

「ギャギャ⁉」

暗い場所が慣れた状態を狙った瞼を透過する強烈な発光。暗闇の中でも目が見えるというだけで、決して視力が弱いわけでは無いゴブリンたちは堪らず目を抑えてのたうち回る。

「《発火・球形・投射》‼」

三節の詠唱によって撃ち出された火球、《ファイアーボール》が胸を布が覆い隠した巨大な子鬼、ゴブリンクイーンに直撃し、肌と毛が焼ける匂いが採掘場に広がった。

「ギャアアアアアアッ⁉」

「《発火・球形・投射》っ‼」

視界を潰され、更には灼熱で体を焼かれて錯乱するゴブリンクイーンに走り寄りながら第二射を放つ。

生きたまま焼かれる苦痛に苦しみもがく子鬼の女王の頭に向かって、両手で持った棍棒を力一杯振り下ろした。

「よし！　次っ！」

メキリという、確かな手ごたえを感じたカイルはまだ視力が回復していない他のゴブリンの頭を棍棒で殴り、遠くにいる子鬼は火球で焼き払う。

「《フラッシュ》……！　洞窟って聞いて練習しておいて良かったぁ！」

四発の《ファイアーボール》で四体のゴブリンを焼いたところで魔力回復の霊薬を飲み干す。

運動中に液体を喉に流し込んだことと、数種の霊草を混ぜて作った猛烈な苦みが相まって吹き出しそうになるが、口と鼻を抑えてなんとか胃に収める。

視力が回復しない内に手早く討ち取っていく。そこには赤子も子供も関係なく、魔物の復讐の芽は確実に摘む。

魔物を子供だからと見逃すのはバカのすること。これが冒険者たちから話を聞く内に確信した、魔物との戦いの鉄則だ。

「これで、全部だよね……？」

採掘場に血脂と、血肉が焼ける悪臭が充満する頃には、視界には倒れ伏すゴブリンの死体しかなかった。

魔力は残り緊急時に使用する身体強化をギリギリ一回使える程度。満身創痍《まんしんそうい》で汗と泥に塗れた姿だが、それでも単独のEランク冒険者には輝かしい結果と言えるだろう。

勝利を確信して雄叫びを上げそうになったその瞬間――

「ゴォオオオオオオオッ!!」

「なっ!?　うわぁっ!?」

しかしその時、採掘場に怒号が響き渡る。

その音源はゴブリンクイーン。火球を二発も受けて全身に火傷と片目を焼かれるという重症を負い、頭に渾身の一撃を食らってもまだ生きていたのだ。

木こりが持つような大きな斧を横薙ぎに振るった一撃を咄嗟に棍棒で防ぐが、斧の重量と女王の膂力《りょりょく》が生む勢いに負けて棍棒が弾き飛ばされてしまう。

「ギャギャギャギャギャ!!」

「くっ……!? あ、危な……っ！ ひぇぇっ!?」

地面に落ちた棍棒に目を配る暇も与えず、女王は渾身の力で斧を振るい続ける。

瀕死の体であるにも拘らず異様にも見える速さと力。死の間際、子を殺された怒りも相まった火事場の馬鹿力だ。

「や、やってやる！ ここでお前を倒すっ！」

ギラついた髪と同じ茶色い瞳でゴブリンクイーンを睨む。

加虐ではなく憤激を瞳に宿した子鬼の母を前に、脳内物質が大量に分泌され興奮し切ったカイルが選んだのは、逃げではなく闘争だった。

とはいえ、その手に頼りの棍棒は無い。身体強化をしてもサバイバルナイフで斧を相手に攻めきれるとは思えない。

興奮状態にあって変なところで冷静な部分を残している新人冒険者は、ゴブリンクイーンから必死に逃げながら知恵を絞る。

火球はもう撃てない。今の魔力では身体強化もたかが知れている。サバイバルナイフはリーチで圧倒的に負ける上に切れ味も悪い。

（それでも何かあるはずだ……！　まだ思いついてない、もう一つの活路が……！）

発想と思考の破棄を何度も何度も繰り返す。すると、一つだけ女王に止めを刺せる方法を思いついた。

カイルはポーチに手を入れ、その武器の感触を確かめる。

（大丈夫……！　落ち着け……！）

斧を振り上げて迫るゴブリンクイーン。その恐怖を肌で感じながら必死に冷静さを取り戻す。

カイルを間合いに入れた女王が、怒りに任せて彼に致命的な一撃を与えようと踏み込んだその瞬間。

「《身体・強壮》!!」

《フィジカルブースト》を発動し、ゴブリンクイーンが片足を上げたその時、軸足への痛烈な蹴手《けた》繰《ぐ》りが炸裂する。

女王は前のめりに転倒するが、これだけでは完全に怒りで痛みを忘れている魔物の止めには程遠いだろう。

しかし、ゴブリンクイーンが腕に力を込めて起き上がるよりも先に、カイルはその背中を強化された脚力で踏みつけ、女王の首に冒険者セットの一つである縄を括り付けた。

「う、ぉおおおおおおおおおおっ!!」

「ギャ……!?　ゴ……ェ……!?」

気迫の叫びをあげて全力で首を絞め付けるカイルと、斧を手放し必死に縄を解こうとするゴブリンクイーン。

鋭い爪を生やした指が抵抗の痕を首に刻むが、《フィジカルブースト》で高められた腕力で食い込む縄を外すことは出来ず、徐々に顔色を変化させていく。

「ゴ……………ギャ……ェ……ェ……」

やがて女王の四肢から力が抜け、白目を剥いて泡を吹く。それでもしばらくの間気道を潰し続けたカイルは、ゴブリンクイーンがピクリとも動かなくなるのを確認すると、拳を握り、天へと強く掲げた。

冒険者ギルドの受付で、亜麻色の髪の受付嬢は見事な営業スマイルと共に布袋と称賛を送った。

「お疲れさまでした！　こちらが報酬となります！」

その硬貨が詰まった袋の重さは、自らの力のみで勝ち取った栄誉のそのものに他ならない。

子鬼の女王の討伐。ベテランの冒険者からすれば大したことは無い戦果は、Ｅランクの新米には正に大冒険と言っても良い激戦だった。

子鬼に苦戦を強いられ、その上幾つかの運が絡んだ泥だらけの勝利だったが、それでも生きて帰って来れただけでも儲けもの。

理想には程遠いが、今はこの結果に満足し、胸を張って報酬を受け取る。

「ゴブリンクイーンと予期せぬ遭遇《エンカウント》して大変だったでしょう？」

「えぇ、それはもう。本当に死ぬかと思いましたよ」

とは言っても、単独《ソロ》で冒険に行くなんて無茶は当分したくは無い。今回は冒険者を続けるためのケジメとして一人で赴《おもむ》いたが、仲間が一人でも居れば避けられた危険を何度も味わった。

その上、ゴブリンの巣を叩くのにかなり入念な準備をしてしまい、労力と対価が釣り合っていないようにも感じる。

「やっぱり新人さんの内はパーティを組んだ方が何かと安全だと思うんですよ。よろしければいい冒険者さんたちをご紹介しますが？」

「それはありがたいですけど、僕Eランクですよ？　欲しがる人います？」

「はい、大丈夫です。何せ新人の訓練を請け負ってくれているAランクの冒険者さんのパーティですから」

新人冒険者の死は後を絶えない。

ゴブリン程度なら追い払ったことがある。スライム程度一般人でも倒せる。そんな慢心《まんしん》によって無残に命を散らせた者。

巨大蜚蠊《ジャイアントバグ》を討伐しに行ったつもりが、何故かデーモンと遭遇して対処方法も分からず殺された者。

冒険者と言えば聞こえはいいかもしれないが、彼らの新人時代の殆どは戦闘の素人でしかない。

そんな若輩たちが少しでも生き残る可能性を広げる為にも、冒険者ギルドは訓練所の開設と教官の輩出に力を入れているらしく、今回受付嬢が勧めたパーティも、教官を志望した冒険者が立ち上げた新人だらけのパーティらしい。

「どうですか？　もちろんパーティを組む以上報酬は分割されますが、危険性は幾らか少なくなりますよ？」

「んー、そうですねぇ」

もちろん魅力的な提案ではある。しかしカイルにはカイルの冒険のペースと言うものがあるのだ。

しばらくの間、頭の中で天秤を揺らしていたカイルだったが、結局は生き残る可能性を選んで首肯すると、受付嬢は嬉しそうな微笑みを浮かべるのだった。

ある意味最大の危機

「ティオ、寝ないでちゃんと前を向いてください」

「……ふわぁ……んー……」

娘とほぼ同年代の子供たちが荷物を背負って通学する朝。シャーリィはティオを鏡台の前に座らせ、その白い髪を丹念に梳《す》かされていた。

次女の髪は、シャーリィやソフィーのそれと比べると癖が強い。朝の寝起きは特に酷く、まさに爆発しているというのに相応しい惨状だ。

ここ最近はお姉さん風を吹かせるソフィーが世話を焼いて髪を梳いていたのだが、彼女は今日日直だと言ってティオが起きるよりも先に宿を出ている。

普段の習慣とは恐ろしいもので、娘の寝癖やら無頓着さを失念していたせいで、ボサボサの髪に加えパジャマ姿で食堂まで降りて来たティオを慌てて部屋まで連れて行き、シャーリィは久々に娘の髪を整えているのだった。

「まったく、寝癖の上に寝間着なんてはしたない恰好で食堂まで来るなんて。何時も言っているでしょう？　貴女も十の娘なのですから、身嗜《みだしな》みは自分で整えるようにと」

「ん。でもまぁ、それで損するわけでもないし」

「そういう問題ではありませんが……はぁ」

器用に椅子の上で眠っていたティオもようやく覚醒し、寝間着を着替えて顔を洗う。その姿を見守るシャーリィは深い溜息を吐いた。

女は身嗜みにこそ気を遣うべし。十年近く冒険者として活動しているが、彼女の半生以上は貴族令嬢だ。

今でこそ髪を整えたり、服を清潔にしたりする程度といった最低限の身嗜みだが、それでも誰と会っても見苦しく無い程度には整えている。

シャーリィの人並外れた美貌もあれば、その素朴さこそが神秘性をも引き立てていると言っても過言ではない。

粗野な雰囲気の冒険者という職にありながら、女性としての価値観が強いシャーリィが娘の身嗜みに気を遣うのは当然の事だろう。

(ソフィー程とは言いませんが、男性並みに無頓着なのはどうにかしてほしい物です)

風呂好きなのがせめてもの救いだが、シャーリィやソフィーが見ていなければ髪は梳かさない、寝間着は着替えない、寝ぼけて所構わず眠る等、無頓着さや無防備さがどうしても目立つティオ。

気ままな野良猫を連想させる、何とも手の焼ける愛娘だ。

(ですがまぁ、これはこれで良いものですね)

しかしそこは他人から親バカと認められるシャーリィ。こういう面倒さが楽しく思えるのは愛のなせる業《わざ》か。

最近ソフィーの方はしっかりしてきて、それが嬉しくもあり寂しくもあったのだが、マイペースなティオはまだシャーリィが付いていなければならない部分が目立つ。

たとえどんな些細な事でも娘の為に何かをするというのは、それは彼女にとって一番の生き甲斐だ。

ただ、それとこれとは話が違う。いずれ……シャーリィからすれば出来れば来ないで欲しくはあるが、いずれティオも成人し、独り立ちする時が来るかもしれない。

考えるだけでも非常に腹立たしいが、いつか一生をティオの隣で歩く男が現れるかもしれない。その時になってだらしのない恰好を後ろ指をさされたり、男に呆れられる事になれば、後悔してもし足りない。

ただ本人の主張を通すばかりが育児ではない。まだ幼い内だからこそ、身嗜みを習慣づけさせるべきというのが、シャーリィの教育方針だ。

………上手くいっているかどうかは、別としてだが。

「そう言えばお母さん、今度仕事で一日は帰れないんだっけ？」

「えぇ。まだ出発日は未定ですが、事などはマーサさんに面倒を見てくれよう頼んでいます」

「ふーん。なんか久しぶりだね、そういうの」

依頼で遠出して一週間近く拠点である街に戻らない冒険者は少なくない。

シャーリィは少しでも娘たちと共にいる時間を増やす為に、依頼の種類や難易度を問わずに近場に発生する問題を片っ端から片付けるタイプの冒険者だ。

周囲の一部からは安息の場所を荒らされたくないが為に近寄る魔物を殲滅《せんめつ》しているなど、あながち間違いでもない噂を立てられていたりもするが、それも時と場合による。

近場に依頼が無ければ遠出して、その間子供をマーサに預けるし、日頃の食事に直接影響を与える街道や牧場に現れる魔物は優先的に狙っている。

しかし前者はともかく、後者は他の冒険者にとっても死活問題。食料がある分魔物に狙われやすいが、駐在する冒険者も居るパターンがあるので、遠くに位置する牧場にまでシャーリィが依頼で出向くことは稀だ。

「そうですね。最後にマーサさんに頼んだのは、もう二月ほど前でしたか」

「今回も牧場とかからの依頼？」

「いえ、今回は少し別の事情があるのですが………と、そろそろ行かないと遅刻してしまいますよ」

「？」

　やや強引に話を切り上げた母に首を傾げるティオ。しかしシャーリィは敢えてそれに構う事はしなかった。

　これはあくまで娘たちが十五歳、成人になった時に贈る装飾品の材料集めを兼ねた依頼。愛娘の人生の転機、その日に贈る一品はサプライズにすると決めているのだ。

「ほら、そろそろ朝食を食べないと遅刻しますよ」

「むぅ……着替えだけならゆっくりできたのに。毎日の事とは言え面倒臭いな」

「いけません。この毎日の面倒が、いつか貴女に必要になる時が来るんですから」

「そうなの？」

「えぇ」

　渋々といった感じで納得したティオの頭を優しく撫でる。誰にも気付かれないよう、僅かに口角を上げたその表情は、暖かな慈愛に満ち溢れていた。


　その後、無事に通学したティオを見送り、シャーリィはギルドに向かう道すがら、鍛冶屋に立ち寄った。

「ツルハシ置いてますか？」

「いきなり来て何言ってやがる」

今シャーリィの目の前で眉間に皺を寄せて怪訝さと不快さを隠そうともしない、胸を覆い隠すほどの立派な髭を蓄えたドワーフは、辺境の街の冒険者の屋台骨である鍛冶場を取り仕切るディムロスという男だ。

「ウチは武器と防具を売ってる場所であって、道具屋じゃねえぞ。ツルハシ欲しけりゃ他当たれ」

「貴方たちが自作したツルハシの方が良い造りだからに決まってるではありませんか。そもそも、以前から採掘依頼に行く冒険者にツルハシを売り貸ししていることを私が知らないとでも？」

素っ気なさそうにみえるが、ドワーフは基本的に義理人情が厚い種族だ。自分の工房の中ではかなり融通を聞かせてくれることも多く、困った冒険者の為に本業以外の事をする場合が多い。

「採掘依頼ならギルドにもツルハシ置いてるだろ。それ使えばいいじゃねぇか」

「採掘の依頼ではなく、鉱山の魔物の討伐ですからね。無理に借りることも出来なくはないですが、あくまで私的な事情なだけにそうするのも気が引けますし」

いずれにせよ、装飾品の素材を集めるにはツルハシを買う必要があった。なら市販の量産品ではなく、名工揃いのドワーフが作ったツルハシを買いたいと思うのは、金銭的に余裕のある者からすれば当然である。

「……ちっ。仕方ねぇ、ちょっと待ってろ」

そう言って工房の奥へと引っ込んだディムロスの背中を見送り、シャーリィは店舗スペースに飾られた武器や防具を見て回る。

いずれも新品の輝きを放つ鋼の装備で、店内に居る数名の冒険者が手に取り、実際に身につけて感触を確かめていた。

『おい、見ろよあの美人』

『何でこんな鍛冶屋に』

『剣鬼……あいつもここの常連なのか？』

シャーリィの事を知らない新米や街の外から来た冒険者の好気の目や、ベテラン冒険者の気まずそうな視線を意図的に無視し、彼女は店内の一角、刀剣が置かれている場所へと足を進める。

「ふむ」

基本的に、武器屋という場所は物と物の間隔が広い。手に取った武器を軽く振るにはお誂《あつら》え向きだ。

特殊な力を宿した魔剣の類は今のところ存在しないが、完璧な基礎に基づいた強固で切れ味の高いドワーフが手掛けた逸品に相応しい剣を一本一本軽く振っていく。

ただの素人が見れば華奢《きゃしゃ》な女が剣で遊んでいるようにしか見えないだろう。実際、この場に居る新人冒険者にはそう見えていた。

しかし、その空《くう》を斬る音すらさせずに振るわれる、全くブレない剣筋は見る者が見れば鋼を断つ光景を幻視する事だろう。

「ん？　これは……新作でしょうか？」

剣を振っては元の場所に戻すという作業を繰り返していたシャーリィが最後に手にしたのは、刀身全体が波を打つような奇妙な形状の両手剣だった。

振ってみた感覚は悪くない。しかしこの特殊な刀身には一体どういう意味があるのかと、シャーリィは白い髪を揺らす。

「なんでぇ、そいつに目ぇ付けたのか？」

波、あるいは炎にも見える剣を眺めていると、ディムロスがツルハシを片手に戻ってきた。

「あんまり正規の売り物以外求めんじゃねぇぞ。最近徴税人がうるせぇのなんの」

「えぇ、恐らく今回限りでしょう。ところでディムロスさん、この剣は何です？　馴染みの無い形状なのですが」

「そいつは、南西の国の部族の技術がこっちに流れて来たんで、試しに打ってみた剣でな。この特殊な形の刀身で付けられた傷は治癒魔術でも治しにくくなる……らしい」

「らしい、ですか？」

「あぁ。なんせ形が変わってるってんで誰も買いやしねぇ。昔も反りのある刃が買われなかったことがあるが、人間ってのはどうして自分の常識から外れたもんを煙たがるのかねぇ」

エルフと並ぶほど長命の種族である彼は、年相応に色んな戦士を見てきたのだろう。目新しい物ほど受け入れられないままならなさを、作り手の一人として嫌と言うほど理解している。

それでも手掛けてしまうのは職人だからこそと言うべきか。シャーリィはそんな偏屈な鍛冶屋の事が嫌いではない。

「いいでしょう。これも頂きます。本当に治癒魔術の効果を阻害するかどうか、実際に確かめてみましょう」

「おいおい、また簡単に決めやがって。扱いは普通の剣とちっとばかし違うぞ？」

「いいですよ。練習しますから。そう言えばこの剣は何と呼ばれる種類何ですか？」

「向こうのじゃフランベルジュっていってな。こっちじゃ炎の形って意味らしい」

それだけ聞くともう用事は無いと言わんばかりにツルハシと波状の剣……フランベルジュの代金を支払う。

「ったく、ワシの店も面倒な客に目を付けられたもんだぜ。こんな売り甲斐の無い剣士がいるとはなぁ」

「一応商人でもあるのですから、金銭を支払えば文句は無いでしょう？」

「バッキャロー！　職人としては相応しい戦士に買って欲しいんだよ！」

これだから男の浪漫《ろまん》が分からねぇ奴は！　と、邪念の無い恨み節を背中に浴びながら鍛冶屋を出るシャーリィ。

その手には、先ほど購入したツルハシと剣の影も形も存在しなかった。


こうして、着々と成人祝いの準備を進めていたある日……恐るべき事態が《白の剣鬼》を襲う。

二～三年に一度くらいのペースで大陸の各地に広まる流行病が存在する。病といってもそれほど重くは無く、短くて三日、長くて五日ほど風邪に似た症状をもたらす程度。

手洗いうがいなどを怠らなければある程度は防げるのだが、それも所詮はある程度。

「うー……頭がクラクラする……」

「……氷枕が温くなってきた……」

そう、危機とはシャーリィの事に非ず。普段は予防していたソフィーとティオだが、何処からか貰って来たのか盛大に病にかかったのだ。

「大丈夫ですか？　食欲はありますか？」

早朝には体調を崩しており、急いで休学を民間学校に連絡した後、双子を部屋の布団に寝かせたシャーリィは、ダブルベッドの左右を移動しながら、ソフィーの寝汗を拭いたり、ティオの氷枕を交換したりと忙しなく看護する。

「食欲……あまりないかも」

「……無理に食べたら吐きそう」

赤く上気した顔で囁くように告げるソフィーとティオ。しかし栄養を摂らなければ治りも遅くなる。シャーリィは二人の状態を務めて冷静に見極め、胃に流し込めそうな物を頭の中でリストアップしていく。

「分かりました。では飲み物を用意しましょう。蜂蜜とレモンをお湯に混ぜたものなら飲めそうですか？」

「ん……それなら何とか」

栄養価が高く、穀物や果物と違って消化する必要のない飲み物が最適と判断し、善は急げとベッドから離れようとしたシャーリィの服の裾を、ソフィーが弱弱しく抓《つま》む。

「ママ……出来るだけ早くね？」

風邪をひいた時、人というのは安心を求めて健康な人の存在が恋しくなる時がある。それはシャーリィもよく知っている感情だ。

まだ娘たちと同じ年の頃、風邪をひいても誰も看病に現れず、寒くて狭い部屋の中で一人で解熱に専念していた……だからこそ、あの孤独を味わわせる訳にはいかない。

「大丈夫です。すぐに戻ってきますから」

ソフィーの頭を優しく撫で、部屋を後にする。廊下に出て食堂へ向かう足が徐々に速くなり、厨房へと駆け込んだシャーリィは丁度良く仕込みを終えたマーサに詰め寄った。

「た、たた大変ですマーサさん……！　ソフィーが……ティオが……！」

「とりあえず落ち着きな」

病床の娘の前では毅然《きぜん》と振舞っていたシャーリィ。しかしその内心は一杯一杯だった。元々白い顔を更に白く染めて、厨房の中をオロオロと右往左往するばかり。

「あんなに調子が悪そうなのは五歳の時の発熱以来です……！　あの時はティオだけでしたが、今回はソフィーも一緒に熱を出すなんて……！　私は一体どうすれば……！」

「狼狽えるんじゃないよ！　やる事は前と変わんないんだから！」

十年もの間、一から手探りで母親を務めてきたシャーリィを、四人の子を持つベテラン母が一喝する。

「そ、そうですね……こういう時は焦らず冷静に……エリクサーを手に入れなければ」

「全く冷静じゃないね」

エリクサーとは、既存する全ての霊薬の頂点に位置するものである。消失した腕すら再生させ、あらゆる重病をも治癒する凄まじい効力を持つが……その希少性ゆえに、一般的に風邪の治療に使うものではない。

「そんなどこにあるかも分からないのは置いといて、店に売ってる風邪薬を買ってきな。あの子たちの食欲は？　買いに行ってる間にあたしが作っとくから」

てきぱきと指示を出すマーサにシャーリィは勢いに流されるように従う。

「飲み物なら飲めそうだと……いつもの蜂蜜とレモンをお湯で溶いたものが……すみません、後を頼んでも良いですか？」

「はいはい、さっさと行きな。あの子たちを待たせてんだろ？」

普段から肌身離さず財布を持ち歩く習慣が役に立った。調理をマーサに任せるや否や、玄関に向かう時間も惜しいとばかりに窓から飛び出たシャーリィは屋根へと跳躍、そのまま建物と建物の屋根を跳ねるように移動し、目的地を目指す。

辺境の街で薬を売っている場所は、冒険者たちが贔屓《ひいき》にしている道具屋でもある。行き慣れた建物への到着は徒歩十五分、今のシャーリィならば十秒前後で店へと駆け込める距離だ。

「……はぁ？　薬が無い？」

「ひぃっ!?　す、すみません！　でもどうしようもないんです！」

しかし、そんな返答にシャーリィは無意識に殺気を放出し、対応した女性店員は涙目で怯んだ。

「ここ最近、同じ病気が流行っていて飛ぶように売れていったんです。ち、調合分も材料が足りなくて……今店長が取り寄せてはいるんですけど、他の街も似たような状況らしくて、材料が届くのも何時になるか……」

たどたどしく事情を説明する店員を横目にシャーリィは灼熱する情を理性で無理矢理抑えつけ、打開策を頭の中で探り出す。

次期の読みにくい流行病だけに、薬の作り置きなどしていなかったのだろう。一般人なら諦めるしかない状況だが、幸いにもシャーリィは冒険者……冒険者ならではの解決策が存在する。

「材料さえ揃えば薬は用意できるのですね？」

「は、はい！　調合に時間の掛かるものではありませんので、材料さえあればすぐにでも！」

「では私が材料を調達してきます。二人分必要なのですが、何が足りないのですか？」

「殆どの材料は揃ってます……ただ、肝心の鹿か竜の角が無くて……」

鹿を代表に、動物や魔物の角には薬効となるものがある。ドラゴンの角もその内の一つだが、薬となるのはどの竜の角でも良いという訳ではない。

ドラゴンは種族ごと、場合によっては個体ごとにランク付けされている。強力なドラゴンから龍神、竜王、古竜、将竜、戦竜、兵竜、低竜と七段階に分けられ、娘たちが患う病気に必要なのは戦竜以上の角が必要であり……それは最低でも、以前討伐した地竜並の敵と戦うことを意味していた。

「分かりました。では私が採ってきますので、二人分の材料は押さえておいてください」

「は、はいぃっ！」

「それから、風邪の時に服用する睡眠剤を二つ買います」

首から下げられた銅の認識票が功を奏したのか、シャーリィの要求に疑問を持つことなく対応する店員に背を向け、行きの時と同じようにタオレ荘へ戻ってくる。

「戻りました」

「早っ⁉　こっちはまだお湯を温めてる最中だよ⁉」

店員との対応含めて三分足らず……店までの距離を考えれば、マーサの驚きも無理は無いだろう。

「それで、薬は買えたのかい？」

「いえ、それが売り切れていました。材料も底をついているようです」

「……それは困ったね。薬が無いんじゃ、もうあの子たちの免疫力次第になってくるか……」

「それなのですが……私、あの子たちを寝かしつけたら起きるまでの間に材料を調達して帰ってこようかと思うのですが」

そんな提案にマーサは怪訝な顔を浮かべる。

「実は……必要な材料に心当たりがあるのです」

ジュエルザード鉱山へ

マグカップに入った温かい飲み物をチビチビと飲む二人を心配そうに見つめながら、シャーリィは問いかけた。

「寒くはないですか？　掛け布団もう一枚いります？」

「ん……大丈夫」

「気分が悪くはありませんか？　背中を摩《さす》りましょうか？」

「大丈夫……だからあまり心配しないで？」

「……そう、ですか」

傍から見れば相変わらず不愛想な鉄面皮だが、僅かに俯きながら気落ちするシャーリィ。現状、自分が出来ることの少なさにヤキモキしているのだ。

「ふぅ……ご馳走様」

「えぇ、お粗末様でした」

マーサ特製の体温まる蜂蜜とレモンのドリンクを少しずつ飲む干し、それと一緒に睡眠剤も服用したソフィーとティオは、うつらうつらと意識を朦朧《もうろう》とさせていた。

「ふわぁ……んぅ……」

「眠たいのですか？　気分は？」

「ん……今は大丈夫」

「頭は相変わらずクラクラするけど……今はそれより眠たいかな……」

話すのも億劫そうな様子の二人を見て、シャーリィは眠りに誘うようにそれぞれの頭を優しく撫でる。

「お母さん……起きたらちゃんと……」

「大丈夫。ちゃんと傍に居ますよ」

「ん………すぅ……」

こんな時でなければ弱みを見せたがらない愛娘たちが揃って寝息を立て始め、シャーリィは懐から懐中時計を取り出す。

「時刻は九時半過ぎ……タイムリミットは十七時過ぎとみた方がいいですね」

ソフィーとティオが服用した睡眠剤は魔術的効果が付加された霊薬の一種で、服用者には八時間に渡って脳と体をリフレッシュする快眠を与える効果を持つ高価な品だ。

「かなりの強行軍になりますが……この子たちが目覚める時くらいには帰って来なければ」

熱は引いていないが容体は安定している。マーサに時々様子を見に行って欲しいと頼んだシャーリィは、薬の材料を調達してくると言って、屋根から屋根を移動するかのようにギルドへと向かって行った。


「シャーリィさん、この依頼受けてくれるんですね!?」

「えぇ。私も少し事情がありますので」

シャーリィの心当たりというのは、辺境のギルドで報告されたドラゴンの情報だった。この中に戦竜以上の階級の個体が居れば、目的を達することができる。

どこにいるかも分からない上に、個体によって効力に違いがある鹿よりも、居場所に目星がついている万能薬であるドラゴンの角の方が手っ取り早い。

「よかったぁ。今Aランク以上の冒険者さんたちも手が一杯だったので、ウチに回ってきた分は後回しになってたんですよ」

まるで都合よく金貨を拾ったかのような満面の笑みに思わず後ずさる。どうやらAランク以上の冒険者の都合がつかなかったのだろう、元々少数であることに加え、依頼要請などで世界を股にかけて活躍しているのだから不思議ではないが。

だからこそ余計に昇格したくはないのだが、単独《ソロ》専門の堅気な冒険者で通してきたシャーリィはその心配は無いと、珍しく安心しきっていた。

「ところでシャーリィさん、今回の依頼はパーティで挑んでほしいんですけど」

「はぁ？」

「ひぇっ⁉」

思わず地鳴りのような低い声が出来た。誰も触れていない机からメキリという嫌な音が聞こえたが、それは気のせいだと思いたい。

その覇気を一身に浴びて震え上がるユミナだが、心の中で「負けるものかっ！」と喝を入れ、鋭く研ぎ澄まされた蒼と紅の瞳を見つめ返す。

「どういう事です？　まさか外堀から埋めて昇格させようとでも？」

「い、いえいえ！　そういう訳ではっ！　ただ、今回は少し事情がありまして、ある冒険者パーティと現地で合流してほしいという事になりまして！」

手と首をブンブンと振りながら弁明するユミナ。所々言葉をつっかえているが、何とか意味のある言葉を伝えたことでシャーリィも震える受付嬢を睨むのを止めた。

「Aランクの冒険者さんがリーダーを務めているんですが、元々ギルドの要請で組まれた新人育成の為のパーティなんです。ジュエルザード鉱山に発生したバッドボノボ討伐に赴いていたんです」

バッドボノボとは、主に山に群れで生息する猿型の魔物だ。

中には魔術まで使用する個体が存在するほどの極めて高い知能を持つ魔物で、手足は細く近接戦闘には向かない代わりに投石や魔術で人を襲うが、落ち着いて対処すればEランクでも討伐できる、武器を持った集団戦闘を得意とするゴブリンとは相互互換と言える弱い魔物である。

「ですが、そこで推定将竜と思われる個体と遭遇、何とか無事に麓《ふもと》まで降りてきたというのを通信魔道具で報告を受けたんです。斥候部隊から送られてきた情報と照らし合わせて推測するに、以前報告があった個体で間違いないとのことですが、流石にAランク一人で戦うのは自殺行為ですし、他のメンバーは全員新人さんでドラゴンと戦うには心許ないんですよ」

今回と似たような非常時でも、相応の実力を持つ冒険者……すなわち、Aランクの都合が付かずに新しくパーティを編成できない者も居る。低ランク冒険者とパーティを組んでいたAランク以上などが主で、そういう時は都合のいいBランクに一時的にパーティを組む打診をするのが習わしだ。

「これまでのケースを鑑《かんが》みれば、そのドラゴンがバッドボノボを支配下に置いている可能性は極めて高いです。そこで、ドラゴンを倒すベテランさんと、バッドボノボを倒す新人さんを送れないかと」

「なるほど。それで今回都合のいい冒険者が私、という訳ですか」

恐らく数々の偶然が重なり、上手い事辻褄《つじつま》が合っただけなのだろうが、ここまで露骨な昇格の下地作りには辟易《へきえき》する。

正直に言えば、シャーリィはバッドボノボ諸共ドラゴンを単独で征伐《せいばつ》する自信があった。もちろん、相手を見下して慢心する訳ではないが、過去に実現してきた経験がそうさせるのだ。

故に今回の依頼、彼女が一人で行けば万事解決するはずなのだが、シャーリィは出来れば娘が起きる前に帰ってきたい。数ばかり多い魔猿の相手をしてくれるというのなら好都合……そう考えるシャーリィに、ユミナは駄目押しするように告げた。

「ちなみに、ギルドマスターから被害を食い止めるためという意味でも受けてほしいと〝お願い〟されてまして」

「うっ」

「確かシャーリィさんって、ギルドマスターに大恩があるって聞きましたけど？」

「うぅっ」

それは十年ほど前の事。当時二人の赤子を抱えながら冒険者ギルドを求めて地図も持たずに王国を彷徨っていた時、他の誰でもないギルドマスター自ら辺境の街のギルドを勧め、更にはツテを使い無償でタオレ荘に住まわせてくれたことがある。

シャーリィは常日頃から、愛娘たちに恩を返すことで生まれる信頼関係を説いてきた。そのシャーリィ自身が恩を返さずして、どうしてその教えに説得力が宿るだろうか。

しかも〝お願い〟などという言い方が微妙に卑怯だ。これで断ったらシャーリィは人情の欠片も無い女とソフィーとティオに触れ回りかねない。

（……魔女め。自分で直接言いに来ればいいものを）

もしも仮に一人の方が気楽だからという理由で断れば恐らく……と言うか十中八九、愛娘に無い事を含め嘘泣きしながら余計な事を言うに違いない。あの女はそういう性格だ。

最早断る理由は無しとシャーリィは深い溜息を吐き、観念したように両手を上げた。

「分かりました。私はすぐに出発しますが、言質の冒険者たちへの報告はお任せしても？」

「ええ、勿論です！　皆さん助っ人を送ってくれるなら心強いと大変乗り気でしたよ！」


悪いことがあった後は良いこともある。ただの偶然ではあるが、今回の依頼は出来過ぎなほどに都合が良かった。

（角の採取が最優先ですが、時間があれば鉱石採取もしたいところですね）

ソフィーとティオの成人祝いに送る装飾品を飾る宝石を採掘しようと思っていた場所と、薬を作るためのドラゴンが居る場所が重なるなど、一石二鳥とは正にこの事。

（さて、移動手段を用意しましょうか）

ジュエルザード鉱山は、魔物の襲撃や体力の温存などを考慮して、辺境の街から徒歩で二日、往復するなら四日ほどの距離に位置する。

依頼をこなすことも含めれば最低五日日は掛かるだろう旅路を前に、新人冒険者なら入念な食料などの準備をしてから向かうところだ。

「すみません、竜をお借りしても？」

「あぁ、どいつにするんだい？」

しかしそんなシャーリィが真っ先に向かったのは、ギルドの裏手にある大きな畜舎。明らかに牛や馬ではない獰猛《どうもう》な唸り声が響く建物の中には、何十頭ものドラゴンが仕切りの中に納まっている。

基本的に人には懐かないとされるドラゴンだが、それは誤りである。七段階ある竜の階級の中でも一番下に位置する低竜のみに限り、騎乗竜《ランギッツ》と呼ばれ人の手で飼い慣らす事が出来るのだ。

今では馬と双璧を成す移動手段の一つで、現にギルドや軍でも戦場に連れていくことを前提として馬に変わり主流となりつつある。

「この子をお借りします」

「あいよ。そんじゃ、ここに名前と冒険者番号、それから登録ギルドの住所書いて」

今にも火を噴き、噛みつくのではと思わせる畜舎ならぬ竜舎の中を悠然と進み、シャーリィは腕の代わりに立派な翼を生やした一頭の竜を選び、作業服を着た中年の管理人が差し出した用紙に、騎乗竜の貸し出しに必要事項を記入し、金貨一枚を支払う。

幼い娘二人を残して冒険に行くシャーリィにとって、有料で騎乗竜の貸し出す施設というのは実にありがたい。

「さぁ、行きますよ」

「グォオオッ！」

ドラゴン用に作られた鞍《くら》を背中に固定し、手綱を引いて竜舎の外へと翼竜を連れ出す。

颯爽《さっそう》と背中に跨り、手綱を軽く引いて合図を出すと、翼竜はその翼を大きく羽ばたかせ上空へと舞い上がり、皮膜から爆風を吹きながら前進し、十秒もすれば肉眼では捉えきれないほど遥か遠くへと飛んで行った。

騎乗竜と一口に言っても様々な種類が存在し、直接背中に乗る一人用の竜、大海大河を自在に泳ぐ水竜、幌車《ほろぐるま》や戦車を引く竜と、人が騎乗する事が出来る低竜は数多く存在する。

その中でも翼竜は、人が乗る生物の中でも最速といっても良い。飛行を成立させるために風の魔力を推進力とし、上空を飛ぶが故に地上の障害物をものともしない距離短縮能力。

一度振り落とされれば命の保証はないが、怪鳥すら振り切る飛行速度は今のシャーリィにはうってつけだ。

（この速度なら鉱山に到着するのに二時間も要りませんね）

往復を三時間と仮定し、シャーリィは強風に白髪を暴れさせながら薄っすらと見え始めた山を見据える。

本来なら入念な道具の準備を必要とするであろう鉱山の竜退治に、シャーリィが持っているのは翼竜の鞍にぶら下げられる鞄と、その中にある縄だけだった。

新人育成パーティ

所々に緑の少ない木が生えた岩山……ジュエルザード鉱山と、その麓に居る四人組を視界に捉え、手綱を引いて翼竜を降下させる。

『だーかーらー！　折角の機会なんだからちょっとくらい冒険しても良いじゃん！』

『いーや、良くない！　ちょっと冒険なんてレベルじゃねぇから！　明らかに自殺行為だって言ってんだよ！』

その最中、下から聞こえてくる若い男女の喧騒……というよりも怒鳴り声が上空まで聞こえてきて、シャーリィと翼竜は視線を合わせ、揃っては首を傾げた。

「一体何の騒ぎですか？」

血気盛んな新米冒険者同士の喧嘩はそう珍しくはない。しかし目の前の山に竜が居る状態でも構わず喧嘩するあたり、よほど仲が悪いのか、あるいは喧嘩するほど仲が良いというべきか。

『お二方、いい加減になされ。もう助っ人が到着されておられますぞ』

『あだっ⁉』

『おごっ⁉』

空気が震えるかのような喧騒は、落ち着きのある声の後に続いたゴッ！　という何かを殴ったような音と共に収まりを見せた。

「お待たせしました」

「いいえ、よくぞ来ていただいた、シャーリィ殿」

地面に着地した翼竜から飛び降り、シャーリィはそこに居た冒険者たちを軽く一瞥する。

頭を押さえて蹲るのは少年少女と言っても差し支えが無さそうな若い外見の冒険者で、その内の一人、少女の方の耳が尖っている。

そんな二人の間で仁王立ちしながら両の拳を握っているのは、見覚えのある戦斧を背負った牛頭の亜人、ミノタウロスだ。

「あ……！」

そして最後の一人。茶髪の少年冒険者は見覚えがある。以前ゴブリンの巣で全滅しかかったパーティの生き残りである魔術騎士だ。

どうやらあの後も冒険者を続けていたらしい。シャーリィの顔を見ると僅かに表情を明るくしている。

「困りますな。助っ人を待たせた状態で喧嘩など」

「す、すいません」

「まったく……あんたのせいで怒られちゃったじゃん」

「はぁ!? 元はと言えばお前が――――」

「お二人とも？」

再び喧嘩し始めそうな雰囲気を出しそうになったが、ミノタウロスの冷たい笑顔と握りしめた拳が持ち上げられたのを見て、肩身が狭そうに縮こまる。

「……はぁ」

どうやら性格に癖のある冒険者たちと合流したらしい。初めての共同討伐でこれでは、シャーリィも少し不安になってきた。

「前衛職のシャーリィです。今回はドラゴン征伐の増援としてギルドから寄こされました」

何はともあれ自己紹介だろうと、シャーリィは簡潔に告げる。単独《ソロ》専門とはいえ、連携がおろそかになれば死に直結することをシャーリィは知っている……まずは大人として、歩み寄る言動をとったのは正解だった。

「吾輩はこのパーティの頭目を務めているアステリオスと申す。シャーリィ殿とはこの街で同じ時期に冒険者になりましたが、こうして話すのは初めてでしたな」

「そうですね。お互い話すことも自己紹介することもありませんでした。職業は僧兵といったところですか？」

「いかにも」

勇猛《ゆうもう》な種族にしては珍しい温和な雰囲気だが、彼の出で立ちを見て一人納得する。

背負う武器はミノタウロスの伝統的な戦斧だが、彼は法衣に身を包み、首には認識票と一緒に天の女神の紋章が刻まれた小さな鐘が下げらている。

種族を問わずに信仰を集める天空神の鐘は教徒の証だ。ならば教えに従って穏やかな気性となるのもある意味当然だろう。

穏やかさの中にある確かな風格が何よりの証。猛々しい性格で説法を説く僧侶など何処にもいない。彼は真実、清廉の中に勇猛さを兼ね備えた僧兵なのだろう。

「そしてここに居る者たちが、吾輩が指導している冒険者です」

「じゃあアタシから！」

前のめり気味に手を挙げたのは背丈が低い、胴部を覆い隠す甲冑を身につけた、鮮やかな栗色髪を持つ息を呑みそうなほどの美少女だった。

好奇心に輝く金色の大きな瞳に亜人の証である尖った耳。恐らくホビット族なのだと推測する。

ギルドに登録しているという事は十五歳以上なのだろうが、同じく尖った耳を持つエルフ等の種族にしては身長が低すぎる。その童顔も合わさって、下手をすれば娘たちよりも年下に見られかねない。

「アタシの名前はレイア！　職業は魔術弓兵！……ちなみにハーフエルフだからホビット族と間違えないように」

「…………」

驚きの声をギリギリ飲み込んだのは、我ながら機転が利いていると称賛せざるを得ないシャーリィ。

ハーフエルフは文字通り人間とエルフの混血児で、人間の三倍は長いが、純血のエルフと比べて寿命が短いのが特徴だ。

しかしエルフだろうとハーフエルフだろうと、二十歳過ぎくらいまでは人間と同じように成長するはずなのだが、目の前の少女がとても成人しているように見えないのはどういうことか。

「次は俺か。俺の名前はクード、職業は斥候《せっこう》だ」

中肉中背といった体つきをした黒髪黒目という、この辺りでは珍しい色の人間は動きやすさ重視の為か、最低限の防具を纏った軽装と腰に大きめの道具袋とナイフを下げた少年だ。

まさにレイアとは真逆の見た目通り。幾らか気位が高そうな目つきをしているが、それと同じくらいの警戒心の強そうな眼をしている。

「ええっと、前は自己紹介しそびれましたから改めて。最近パーティに入った魔術騎士のカイルです。この間は助けて貰って本当にありがとうございました」

「え？　何々？　知り合い？」

「うん、まぁね」

そして最後に茶髪の少年の名前を聞き、シャーリィは改めてこの場に居る者たちの認識票を眺める。

Aランクに相応しい風格を備えるアステリオスは銀で、それ以外はヒヨッコとも言える青銅の認識票。それに対し、銅の認識票を下げるシャーリィを見て、クードは少し不安げな声を上げる。

「ていうか、他の増援は来てないのか？　一人増えた程度じゃ、ドラゴンが俺たちの方にも来るんじゃや……？」

「……恐ろしければ麓で騎乗竜の面倒を見ていただいてもいいですよ？」

「ぷぷっ。もしかしてビビってんの～？　さっきまで意気込んでたくせに」

「び、ビビってねぇよっ！　ただ、Ｅランクの俺らがドラゴン来た時の対処が出来るのかって思っただけだ！」

　Ｅランクだろうとランクだろうと、受ける事が出来る依頼に制限はない。単純に実力に自信の無い者は自分に見合った依頼しか受けないか、少し冒険して痛い目を見るか死ぬかのどちらかだ。冒険者ギルドは決して馴れ合いではない。どんな依頼でも死ぬ可能性や重傷を負う可能性が存在する以上、それら全ては自己責任となってギルド側は一切の賠償をしないというのが、定められた確固たる規則だ。

「……相手は竜王という訳ではないのでしょう？　ならば問題ありません」

「え？」

「要は同じ場所に留めたまま討伐してしまえば良いのです」

　やけの自信のある言葉にクードは押し黙る。ドラゴン相手に無茶を言うなといいたかったが、相手はギルドが誇る剣士。もしかしたらという考えが沸き上がる。

「しかし、どのような冒険者が来たところで竜の危機が去ったわけではないでしょう？　良くＥランクの貴方たちが留まる気になりましたね……素直にギルドに戻っても良かったのでは？」

　それは嫌味や皮肉ではなく、単純な疑問だった。カイルに至ってはドラゴンがどれほど危険な存在かを身をもって体験しているだろうに、役割分担されているとはいえ危険度の跳ね上がった山に留まる等、新人の割には酔狂にも程がある。

「然り。当初は危険と判断して当初にギルドへ戻るつもりだったのですが、そこで一つ問題が発生しましてな」

「逃げる途中で、アタシの装飾品に付いてた宝玉を落としちゃってさ」

アステリオスの言葉を引き継いだのは、何かが嵌め込まれた丸い跡を残す首飾りを手にぶら下げるレイアだった。

「ウチの家系に伝わる、王国で言うところの成人祝いの装飾品なんだけど、加工した大きい金剛石を使った大昔の職人が作った物らしいんだよね。で、ドラゴンに追いかけられてる途中に落としたらバッドボノボがそれを拾うのを見て……多分ていうか、ほぼ確実に今頃ドラゴンの巣にあると思う」

おどけた様な仕草だが、事の深刻さを表情に表すレイア。先祖代々伝わる家宝を無くしたとなれば、太陽の様に快活な印象を暗く染めるのも無理はない。

「なるほど、単に場に居合わせたからというだけでは無いという事は理解しました。討伐に乗じて巣に溢れ返っているであろう金剛石を見つけるために参戦する……そういう事ですか」

ドラゴンが巣に溜め込む宝石で最も多いのは金と銀、金剛石の三つだ。Aランク冒険者が撤退を選択することから察するに、見かけたドラゴンは成体になってそれなりの時間が経った個体なのだろう。

件《くだん》の竜の巣に存在する金剛石の総数は不確定だが、仮にレイアから依頼という形で飾り石を見つけ出して欲しいと言われても、見たことも無いレイアの金剛石を自分に見分けられるとはシャーリィは思えない。

「本当なら私がドラゴンを退治した後にでも取りに行けば良いと思いますが……そうもいきませんか。ちなみに宝石を相場で買い取るだけの資金は？」

「ない」

ギルドと政府が結んだ数少ない締約により、ドラゴンが溜め込んだ財宝はドラゴン退治に何らかの形で貢献した冒険者が帰り際に持てる分だけ持ち帰る事が出来るが、持ち帰らなかった残りは後日国に仕える軍人や騎士が押収しに行き、国庫に納められる。

ドラゴンスレイヤーが巨万の富を得るという詩があるのはそうした事情があるからだが、逆に言えばドラゴン退治に欠片も貢献していない冒険者に財宝を持ち帰る資格は無いどころか、巣に立ち入る事すら許されない。

狩りに付いて行くだけ行って、自分は何もせずにハイエナの様に宝石を掠め取ったとしても、後で神官の《センスライ》で見破られて財宝を押収されるどころか、冒険者としての信頼まで失うことになる。

たとえシャーリィが譲渡したという形にしても関係が無い。騎士が掲げる騎士道と似たようなもので、名誉ある竜退治の報酬を何の対価も支払わずに冒険者が得ようとするのは、冒険者の暗黙の了解に反する恥ずべき行為なのだ。

「そこからはユミナ殿がお伝えしたとおり……邪魔な猿共は吾輩たちが倒しますが故、シャーリィ殿は気にすることなくドラゴンを倒していただきたい」

アステリオスは拳大の水晶……未だに数が少なく、極めて高価な小型の通信魔道具を手のひらの上で転がす。

「つまり、私とパーティを組んだ上での依頼の合同化、ドラゴンが従えるバッドボノボを殲滅することで自分たちも依頼達成に貢献した事を証明する……それが本命ですか」

「無論、討伐が最優先ですぞ？　この状況下にあって己の利を優先しないと、レイア殿も承知ですからな」

横目でレイアを見ると、彼女は迷いのない表情でしっかりと頷く。

「それにいざドラゴンがこちらの戦域に入っても心配ご無用。吾輩、これでも結界術を最も得意としておりましてな。相手がどれほど強大な竜でも、最低限彼らを逃がすことは出来ますが故。……もっとも、危険なのは変わりませぬが」

カイルとクードに視線を向けると、カイルはしっかりと頷き、クードは仕方ないと言わんばかりに頭を掻いた。

「危険なのは分かってるけど、僕も行きます。会ったばかりだけど、同じパーティだし」

「同感だ。このチビに貸しを作るのも悪く無いしな」

「誰がチビだ、このチンピラ一年生！」

「いってぇっ⁉」

恐らくコンプレックスであろう身長のことを刺激したクードは、レイアに向う脛を踵で力一杯蹴られてピョンピョンと跳ね回る。

「何すんだこのクソチビっ！」

「またチビって言ったな⁉　表に出ろ！　今日という今日は泣かせてやるんだから！」

「ちょ、ちょっと二人とも落ち着いて……ぶっ⁉」

カイルは慌てて止めに入ろうとしたが、クードの肘が顔面に突き刺さる。そんな哀れな魔術騎士を無理矢理交えて取っ組み合いを始める二人に、残された年長者二人は呆れた視線を向けた。

「……何時もこうなのですか？」

「ええ。指導係として恥ずかしい限りですが、どうやら幼少の頃からの喧嘩友達というものらしく、ペンが転んだ勢いでも喧嘩を始めるのが日常茶飯事でしてな」

「私が降りてくる前も喧嘩していましたが……その時は何があったのです？」

「ドラゴンとの戦いに参加するかしないかで」

「そこは死にたければどうぞご自由にと言いたいところですが……」

出会って十分も経ってないが、シャーリィは二人の性格を少し把握した。

好奇心が旺盛な無鉄砲と少し口が悪い慎重派。そして互いに沸点は低めと、若者が喧嘩するにはうってつけの条件が揃っている。

「だがこれでも戦闘時には足を引っ張り合うようなことをしないのが、不思議なところです」

「なるほど。喧嘩するほど仲が良い、という事ですか」

「「良くないっ！」」

ピッタリと、全く同じタイミングで響いた怒声がギルドを揺らすのであった。

「まぁ、良いでしょう。そこまで覚悟が決まっているのであれば結構……私も急ぎの用がありますので、早速戦闘準備に取り掛かりましょう」

「うむ。それではこれより、ジュエルザード鉱山攻略を開始します。各自、装備と道具の点検を開始。全員の準備が整い次第突入しますぞ」

頭目の言葉に全員が頷き、アステリオスやカイル達Eランク冒険者はポーチの中身を確認して武器と防具の最終点検を行っているが、シャーリィはポーチの確認だけ終わらせてその様子を見守っていた。

「シャーリィさん、あんた武器の手入れをしなくても良いのかよ？」

「ていうか、丸腰じゃない？」

訝しげな眼を向けるクードとレイアを納得させるため、シャーリィは浅い息を溢して宙空《ちゅうくう》へと右手を伸ばした瞬間、何も持っていなかった筈の手に何時の間にか一振りの湾曲剣が握られていた。

「問題ありませんので、ご心配なく」

「ほう、珍しい。これはもしや空間魔術の一種ですかな？」

瞠目《どうもく》する二人の隣で、アステリオスは物珍しいものを見たと言わんばかりの眼を向ける。

「使い手がかなり少数の魔術と聞き及んでおりましたが、シャーリィ殿もその使い手で？」

「いいえ。これは魔女から譲ってもらった魔道具を応用しているだけです。剣は血脂で濡れればすぐに切れ味が落ちますから」

「応用……ふむ、詳しく聞きたいところですが、これ以上は教えてくれなそうですな」

「ええ。〝自慢気に手札を明かすものはバカを見る〟、です」

その言葉は、冒険者の間で不吉を表す格言の一つ。アステリオスはそれ以上は追及せず、敢えて話の腰を折る。

「しかしそうですか。魔女殿の力を借りたのなら、その異様も納得がいくと言うものです」

「ねぇ、さっきから思ってたんだけど、魔女ってもしかしてギルドマスターの事？」

疑問……というよりも、確認を取るように問いかけるレイア。

「まさしくその通り。女性の魔術師は数知れずといえ、我々冒険者の間で魔女といえば彼女の事を指しますからな」

「へぇ〜、武器一つ取り出すのにそんな事するなんて変わってるね」

「それは貴女にも言える事でしょう」

短剣を手入れするクードや、幾つもの金属釘を突き刺した棍棒の手入れをするカイルよりも手間暇かけてレイアが点検しているのは、ドワーフが開発した遠距離武器であるクロスボウだった。

「ハーフとはいえ、エルフは弓を愛用するものと思っていましたし、何より種族的に対立することの多いドワーフの武器を使うというのは少々意外です」

「まぁ、アタシは生まれも育ちも王都だから、別にドワーフがどうこうって思ったことは無いかなあ。ディムロスのおっちゃんも何だかんだで優しいし」

「……レイアさんも、ディムロスさんの店を？」

「うん。街に来た時から親切にしてもらってて……って、シャーリィさんもおっちゃんの店に行ってるんだ⁉」

思わぬ所で共通点を見つけ出した女二人。

「街に鍛冶屋は幾つかありますが、中でも一番腕が良いので」

「確かにね。あそこは良い弓も置いてるんだけど、個人的にはクロスボウの方《こっち》が得意なんだよね」

「腕が短くて弦をまともに引けないもんな」

無言でクードの向う脛を連続で蹴り始めるレイア。弓矢というのは弦を強く引けば引くほど威力を増すものだが、子供並の体躯しか持たない彼女の腕の長さや筋力では扱い難いのも無理は無いだろう。

「それはそうとシャーリィ殿、この子らが鉱山に入る前に、バッドボノボの死体を一つ持ってきて欲しいのですが」

「構いませんが、何に使うのです？」

「なに、彼奴らをおびき出す為に、《ヘイトエリア》を使おうと思いましてな」

戦略用の儀式魔術には、軍や群れに対して敵対心を煽《あお》るものが存在する。《ヘイトエリア》もその内の一つで、規模や効果に僅かな違いあれど、これらの魔術の共通点は敵の死体を媒介にすると言うことだ。

しかしこういった道徳心に反する魔術を好んで使うのは信仰を持たぬ賊か、必要事項と冷徹に割り切る軍師と相場が決まっており、逆に僧侶のような神に仕える職には嫌煙される手法なのだが。

「……貴方、偶に破戒僧と呼ばれることがありませんか？」

「何を仰られるか。確かに残酷な手法ではありますが、使える技を使わずに味方を殺してしまうことほど業の深いものはありませぬよ」

「それもそうですね」

信念に殉じて自分が死ぬのは勝手だが、それに他人を巻き込むのは確かに女神の信仰に反する行いだろう。

戦いは綺麗ごとでは勝てない。たとえ教会に引き籠っている神官に罵声を浴びせられても、泥を被って仲間が生き残る道に殉じるのが僧兵の戦いだ。

「それでしたら、斥候の彼を連れて行きたいのですが」

「え？　俺？」

レイアと喧嘩をしていたクードが突然の指名にキョトンとした表情を浮かべる。

「その前に一つ質問があります。貴方は、《サイレンス》の魔術が使えますか？　斥候なら大抵使えると記憶しているのですが」

「あぁ、使えるけど」

「それなら問題ありません。私と二人で先行するので付いて来てください」

背を向けて鉱山に向かうシャーリィ。思わずアステリオスの方を見ると、人間からは表情が分かりにくい牛頭で小さく頷かれたクードは、慌てて白い髪を追う。

徒歩ですぐに辿り着いた緑少ない岩山は、山風の音に混じって無数の鳴き声のようなものが微かに響いていた。

この鳴き声の正体こそが群れで蠢《うごめ》く悪しき猿共の声であり、その奥には竜が待ち構えているのだと思うと無意識に足が竦む。

「それでは、《サイレント》を」

「わ、わかった。……すぅ、《沈黙・展開》」

小さく呟かれた二節の詠唱と共に半円状に広がる不可視の力場。この中に捉えた全ての〝音〟を封殺する斥候の要の魔術、《サイレントフィールド》だ。

今のクードの力量では前後上空に二十五メートルが限界だが、それでもパーティの足音や物音を封じるには十分な範囲。

しかし流石に今はそこまでの大きさは必要ない。クードとシャーリィの二人を覆えるほどの範囲に展開し、索敵を開始する。

（居たっ！）

目標の魔物は少し探索するとすぐに見つける事が出来た。全身を黒い体毛に覆われた一見普通の猿にも見えるが、目の前で五メートルほど間隔を開けて行動する四体の魔物共は頭から三本の角を生やし、鋭い牙を剥き出しにしながら辺りを見渡している。

（流石は頭の回る魔物……警戒されてるな。それにしてもあの杖を持ってる奴……何だっけ？）

投擲紐《スリング》を持つ三体とは別に、残りの一体は杖を持ち歩いている。聞き覚えがある生態なのだが、それが何かが思い出せない。

思わず顔を顰めるクード。するとシャーリィは手元に短剣を出現させ、おもむろに近くの岩を切り刻んでいく。

無音空間に覆われたまま、まるでチーズを裂くかのように削られる岩には文字が刻まれていた。

『投石紐、三。魔術師、一』

どうやら自分が何に悩んでいるのか、表情で見抜かれたらしい。しかしそうか、杖を持っているのは魔術が使える猿だったと書かれて思い出したクード。

(問題は、どうやって叫び声を上げさせずに仕留めるか、か)

近づいて《サイレントフィールド》の有効範囲に収めてしまうという手を真っ先に思い付いた。

しかしそれは逆に言えば、有効範囲から出られたら助けを呼ばれて騒ぎになってしまうという事。

すばしっこいバッドボノボ四体を捉えながら全滅させられると断言できないクードに、シャーリィは再び岩に文字を刻む。

『魔術師を《サイレントフィールド》に捉えてください。残りの三体は私が始末しますので、貴方は魔術師を』

(え？　マジ？)

元々気付かれずにバッドボノボ四体を、クードを中心に展開される《サイレントフィールド》の有効範囲に入れるのは極めて困難だ。

近づけばどうしても気付かれるため、遠くから有効範囲に収められるのは精々一体。一番厄介そうな魔術師だ。

しかし、だからと言って無茶がある。分散した三体の魔物に叫び声を上げさせる間も無く倒すなど流石に不可能だと考えていると、シャーリィは蒼と紅の眼を細め、威圧するかのように文字を刻む。

『時間がありません。さぁ早く。さぁ、さぁ、さぁ』

（わ、分かったよもう！）

鬼気迫る様子に思わず了承したクードだが、シャーリィに催促されて無言のまま三十秒ほど時間を要して自身に暗示をかけ、《サイレントフィールド》範囲を拡大化させる。

「っ」

魔術師の猿を無音空間に捉えた瞬間、彼女は湾曲剣を手に動き出した。

回り込んで魔術師の猿の死角からの奇襲。何らかの身体強化魔術を使っているのか、クードにはその速度を捉える事が出来ず、白い閃光、もしくは旋風《つむじかぜ》を幻視した。

うねる白い髪が通り過ぎた瞬間に、首から血を噴出させるバッドボノボ。魔術師を除く他の二体が目を見開いて咆哮をあげようとするが時すでに遅く、仲間を呼ぼうとするその喉が震えるより先に刃が閃き、瞬時に二体の猿の首から血飛沫が飛ぶ。

（コレ俺要らなかったんじゃねぇの⁉）

無音の魔術を使わずに殆ど無音で仲間三体を斬殺したシャーリィに魔術猿はまだ気づいていない。

むしろ魔術猿の死角から首でクードに残り一体を倒せと、当初の作戦通りに進める様に催促している位には余裕がある。

まさかあんな無茶苦茶な作戦が本当に実行されたことに呆れつつ、クードは岩陰から飛び出して魔術猿に向かって一直線に突貫する。

「────!! ────!? ────!!」

短剣を手にして自分に向かってくるクードを見るや、仲間を呼ぼうと叫び声をあげるが、その声は《サイレントフィールド》の影響で響かない。

咄嗟に魔術で迎撃しようと詠唱を唱えるが、その声が耳に入ることは無く、自身に暗示をかけるという工程を失敗して不発に終わる。

これがルーティーン《決まった所作》で魔術を発動できる者ならこうはならなかっただろうが、〝音〟で自身に暗示をかけ、世界の法則に働きかける魔術師にとって、《サイレントフィールド》は鬼門中の鬼門だ。

バッドボノボからすれば何がどうなっているのかは分からないが、魔術を使えないと理解した時点で逃げを選択するも、既にクードは短剣の間合いに猿を捉え、抵抗できない様に頭を押さえつけながらその喉笛を切り裂いた。

「基礎能力に行動の遅さもあって及第点……とは言えませんが、その慎重さは見所があります。これから経験を積めば良い斥候になれるでしょう」

息を吐いて《サイレントフィールド》を解除すると、そんな言葉がシャーリィの口から聞かされる。

まさか褒められるとは思っていなかったので不思議に思っていると、つい先ほどまでドラゴンの存在に委縮していた体が解れていた。

（もしかしてそういう意味もあって俺を？）

悪評……というほどではないが、美しい外見の割には遠巻きにされているシャーリィに不安を感じていたクード。だが自分が緊張していることを察したのか、開戦と同時に委縮してしまわない為にも、一度実戦を行わせることで緊張を解こうとしてくれたのなら、冷淡に見えながらも面倒見の良い性格なのではと。

「さぁ、何時までも死体を放置しておくわけにはいきません。他のバッドボノボに見つかって騒がれる前に埋めてしまいましょう」

「あ、それなら俺、地属性魔術が使えるぜ」

不思議と心静かになったクードは、剣と同様に何時の間にか手元にシャベルを持ったシャーリィと共に地属性魔術で三体のバッドボノボを地面に埋め、残り一体の死体を引きずりながら、二人はアステリオスたちの元へ戻るのであった。

開戦

「持ってきましたよ」

「おお、これは重畳《ちょうじょう》」

首から血が滴るバッドボノボの死体をアステリオスに渡すと、シャーリィとクードが死体を調達している間に作っていたと思われる簡単な造りの十字架に磔《はりつけ》にし、地面に描かれた魔法陣の中心に突き立てられた。

「これで吾輩の準備は完了。後はお二方が戻ってくるのを待つだけですな」

「そう言えば、アイツらはどこ行ったんだ？」

「お二方には山の四方にコレと同じものを設置してもらいに行っております。もうじき戻ってくると思いますが」

この場に居ないカイルとレイアの二人の行方を尋ねるクード。アステリオスは鉱山の正面に突き立てられた大きめの釘を指差す。聖釘《せいてい》と呼ばれる、聖職者の加護を得て魔術の効力を増大させる魔道具の一種だ。

そう言い切らない内に、カイルとレイアが戻ってくる。

「お待たせー！」

「お二方、準備は終わりましたかな？」

「はい、何時でも行けます」

満足げに頷いたアステリオスは軽く切れていた二人の息が整うの待ち、鐘を鳴らす。

カランと、涼やかな音色。これこそが彼にとっての自身への暗示であり、世界の法則に干渉する魔術の詠唱だ。

山の四方と冒険者たちの周囲に突き刺さる聖釘、計十本が光の線で結び合い、面を成す。アンバランスな砂時計に似た形に形成される光の障壁は鉱山と一行を包み込み、大規模な結界を張ったにも拘らず疲労した様子の無いアステリオスにシャーリィは感心する。

「少し手間がかかるとはいえ、簡単な準備だけで鉱山丸ごと覆い隠す大結界……それを短い音色だけで展開するとは」

「規模の小さな結界であれば、無詠唱でも可能ですぞ。では、始めましょうか」

作戦の開始を告げる声にEランク冒険者たちの間に緊張が走る。

「《座標・固定》」

二節の詠唱をアステリオスが唱えると、地面に突き立つ聖釘が光を発すると同時に、魔法陣から吹き上がる青白い炎がバッドボノボの死体を炙っていく。

「《宝の山の狂猿たち・誘蛾《ゆうが》の粉をその身に浴びて・遺骸《いがい》の元へいざ来たれ》！」

得意の魔術だからこそ短い暗示で発動できるが、専門外の戦略魔術はそうはいかない。

三節で区切った詠唱を確固たるイメージと共に唱えるやいなや、鉱山全体を震わすかのような怒りの咆哮が響き渡る。

「うわぁっ!? き、来たっ！」

怒涛《どとう》の勢いで鉱山からこちらに向かってくる黒い雲霞《うんか》……否、あれは全て怒り狂うバッドボノボの群れだ。

人に最も近いとされる知恵ある魔物とは思えないほど、我先にと殺気を宿す血走った眼でパーティに突撃する狂気の猿たち。

戦略魔術、《ヘイトエリア》は魔法陣で炙られる生物の〝仲間〟の敵対心を煽り、正気を奪ってから術者の元に殺到させる魔術だ。

指定した範囲内全てに影響を与えるこの魔術は、バッドボノボやゴブリンのような知恵が回るが魔力に対する耐性が低く、群れで行動する魔物に対して極めて有効だ。

人同士の戦争でも度々使用されるこの魔術。敵が一ヵ所に集まるという効果は一見自ら不利な状況に追い込んでいるようにも見えるが、正気を失ったまま群れで突撃した先に罠が待ち構えているとしたら、これほど恐ろしい魔術はそう無いだろう。

「ギャウッ⁉ グロロロロロッ‼」

砂時計の様な結界は、バッドボノボたちの通り道を集中させるためのもの。

蜂《オリフィス》の腰状になった狭い通り道に密集する猿たちは、互いを踏み潰し合いながら憎き術者の元へ殺到する。

やっとのことで一番先に通り道を抜けたのは若い個体だった。片腕が可笑しな方向にねじ曲がった状態でもなお、怒りを眼に宿して目の前の人間に跳びかかるが――

「でりゃあああっ！」

「ギャブ……っ⁉」

棍棒の一撃が脳天を捉え、釘による簡易なスパイクが頭蓋を穿《うが》つ。

もはや彼らには道具を使う、魔術を行使するといった方法でこの状況を突破するという知性は残ってはいない。

敵の元に辿り着くよりも先に味方に踏み殺されるか、動くのに支障をきたすほどの損傷を受けた状態で通り道を抜けるか。

「ギャギャギャッ!!」

「グォオオオッ!!」

「ギャウッ！　ギャウギャウギャウッ!!」

それでも最早痛みなど感じないのだろう。牙と爪を剥き出しにして、三体のバッドボノボが敵の喉笛を引き裂かんと跳びかかる。

「ぬぅうんっ!!」

戦斧による横一文字の一撃。三体同時に上半身と下半身を泣き別れさせられ、血の雨がアステリオスに降り注ぐ。

戦士の一族で知られるミノタウロスの凄まじい膂力で敵を屠り、強固な結界によって味方を守り、敵の動きを阻害するその姿は、まさにAランク冒険者に相応しい貫禄と言える。

「グォオオオオオオオ!!」

「ギャギャギャウッ!!」

しかし、通り道を抜けてくるのは必ずしも深手を負ったバッドボノボだけとは限らない。

折り重なり、潰し合うように進む猿たちの一番上を通って無傷の個体が二体、本来の俊敏性をそのままに頭上から襲い掛かる。

「おいおい！　無傷なのが来たぞ！」

「任せて！」

たとえ弦を引く腕の力と長さが無くても、エルフの血を引く者は総じて射に優れる。

連射機能が取り付けられたクロスボウから放たれるのは銛《もり》の様に引き抜きにくい特性がある返しが付いた二本の太い鉄矢だ。

寸分違わず命中。しかし鉄矢が突き刺さったのは胴体だ。射られた反動で背中から地面に落ちる二体の猿だが、その程度の傷で立ち止まる精神状態ではない。

すぐさま起き上がり、矢を射た本人であるレイアに襲い掛かろうとするが、彼女は逃げずに次の矢を装填し始めた。

「弾けろ！」

突き刺さった鉄矢が炎と共に爆裂し、バッドボノボの上半身が弾け飛ぶ。

エルフには古来より弓術と共にルーン魔術という、二十四の魔術文字を媒体に一節で様々な効果を発揮する魔術が伝わっている。

彼らは鏃《やじり》に予《あらかじ》めルーン文字を刻み、射抜く事でその力を発揮するが、レイアの矢も原理は全く同じ。

ルーンという爆弾とも毒ともいえる力を敵の体に埋め込み、術者の任意のみでそれを炸裂させる森の戦闘民族エルフの技、その血を引いたハーフエルフの魔弓術である。

「そんなチマチマ倒してる暇があんのかよっ！」

そんなレイアに負けじと続くのが、地属性魔術で迫る数を増やすバッドボノボを足止めするクードだ。

古今東西、数多くの魔術が存在するが、こと戦闘に置いて最も扱い易く、効果的な魔術があるとするならば、それは大地の形を自在に変化させる地属性魔術の他に存在しないだろう。

「《地形・変革・針山》！」

地面から広範囲に突出した小さな岩の杭が迫りくるバッドボノボ三体の足の裏を抉り、転倒すれば全身を傷つける。地属性魔術の初歩、《ニードルフィールド》だ。

戦闘中に足場となる地面の形を自在に変えられる。これだけで大地の上を歩き回る生物はその機動力を奪われると同時にダメージを負ってしまう。

「あとは任せた！」

「了解！」

そうして動きを封じられたバッドボノボに止めを刺すのはカイルの《ファイアーボール》やレイアが頭を目掛けて射る鉄矢だ。

吹き荒れる炎。斬るというよりも破壊を旨《むね》とした戦斧の一撃。目まぐるしく変化する地面と飛び交う鉄の矢の中でアステリオスはシャーリィに向かって叫んだ。

「ここは我々に任されよ。竜が下りてくる前にシャーリィ殿は巣がある山頂へ！」

この戦場は、あくまで前座に過ぎない。本命が座すと予測した鉱山の頂をシャーリィは睨み、この場は任せて大丈夫かと目を配らせる。

「流石にドラゴンの相手とかゴメンですから！　後はお願いします！」

「正直、戦ってみたくはあったんだけどね！」

「テメェは黙ってろ、このクソチビ！」

順調にバッドボノボの数を減らしていくパーティの言葉を受け、シャーリィは無言で頷く。

両手に剣を握った《白の剣鬼》は天井の無い結界よりも高く跳躍し、バッドボノボが密集する通り道を跳び越えて、着地と同時に間合いの内側に居た猿共の首を残さず刎ね飛ばした。

噴水の様に飛び散る鮮血を浴びるよりも先に山頂に向かって駆け出し、進路上に居るバッドボノボの首が宙を舞う度に、彼女が通った後には真っ赤な華が咲き乱れる。

血脂で切れ味が落ちた剣は通り過ぎざまに投擲《とうてき》して頭蓋や喉、心臓に突き刺し、また新たな剣を握ってバッドボノボの大群を一直線に突き抜ける姿を結界越しに見て、レイアは愕然《がくぜん》と呟いた。

「うわぁ……線が細い人だから大丈夫かと思ったけど、何あの人間離れした動き」

「喋ってねぇで手足動かせって！」

短剣で喉笛を切り裂き、体重の軽いバッドボノボの死体を鈍器や盾代わりにしながら叫ぶクードに「分かってる！」と怒鳴り気味に言い返して、レイアは猿共に次々と鉄矢を撃ち込んだ。

ジュエルザード鉱山にはドラゴンのような巨体が入れる洞窟は無く、プライドの高い魔物なら鉱山全体を見下ろす事が出来る山頂に巣を構えるだろうという推測は正解であったと、シャーリィは確信する。

山頂に近づくにつれて、バッドボノボの姿は見えなくなってきた。山下を見下ろせば広がる黒色の殆どが猿の体毛だとするならば、アステリオスの目論見通り鉱山中のバッドボノボが下山しているのだろう。

山頂を除き、生物の気配を感じられない岩が切り立つ鉱山を風のように、あるいは舞うような軽やかな足取りで汗一つ掻かずに駆け上がる。

（それにしても、山頂に近づくにつれて増していくこの圧力……存外、大物かもしれませんね）

肌を刺すような覇気という言葉は、あながち比喩《ひゆ》とも言えない事をシャーリィは知っている。弱肉強食がものを言う野生において、生態系の覇者たちが放つ烈気は真実肌に感覚として伝わってくるのだ。

山頂で待ち構える竜の力量は果たしてどのくらいか。かつて相対した山岳に住み着いた黒龍か、あるいは王都に現れた吸血姫と似たような威圧を感じ取る。

（現在、十二時……順調と言っても差し支えはありませんね）

懐から懐中時計を取り出し、満足げに頷く。この分なら予定通り、薬の効果が切れて娘が起きる前に帰れそうだ。

これで猿とドラゴンを同時に相手にしながらだったら、下手すれば街に帰るのに半日を越えていたかもしれないと思うと、パーティで挑むというのは悪い事ではない気がした。

——もっとも、今後も組むかどうかは分からないが。

「っと、着きましたか」

瞬く間に山頂に辿り着いたシャーリィは、岩を寄せ集めて出来上がった竜の巣、その中央で腹這いになっている巨体を見上げる。

体の大きさとしては、以前戦った地竜と同じくらいか。しかし周囲に撒き散らす余剰魔力は比べ物にならない量で、それ以上の違いがあるとすれば全身を覆う二対の翼。

そして何より特徴的なのは、ドラゴンにとって権威の象徴である宝石の様に光輝く角。

『ほぅ……猿共の様子がおかしいと思えば、これは貴様らの仕業か？』

加えて、まるで文化の違う人の言語すら解するその知能。詳細が分からなくても、シャーリィにはこの個体がどういう存在なのか大まかに理解できた。

「古竜ですか」

『ククク……如何《いか》にも』

唯一絶対の存在である龍神を除き、実質上ドラゴンの階位の中で二位に君臨する上位種、それが古竜である。

悠久《ゆうきゅう》の時を生き、力と共に膨大な知識を溜め込む彼らはSランク冒険者が率いるパーティが相対してようやく倒せるという。

それほどまでに強大な敵を前に、一人立ちはだかるBランク冒険者。肩書だけを見れば勝負にならない戦いの前触れでしかない。

『それにしても、人の術に踊らされるとはものの役にも立たん猿共よ。多少知恵が回るとはいえ、所詮は貧弱な種。我が傘下に加えるには力不足であったか』

鼻を鳴らしながら酷薄《こくはく》に言い捨てる古竜。高位のドラゴンにとって、自分たち以外の種族は取るに足らない存在だ。

前足に力を込めて巨体を持ち上げるその姿は英雄譚《えいゆうたん》から飛び出してきたかのような威容に、並の戦士ならば畏《おそ》れて身動き一つとれずに粉砕されるだろう。

『だがよかろう、矮小《わいしょう》なる人間よ。ここまで辿り着いた褒美として、この西のり――――』

朗々と語るその言葉は、最後まで言い切ることは出来なかった。

「敵を前にして何時までも独り言に興じるとは、随分と余裕ですね」

ピッという音が太い首元から聞こえ、続いて体重を感じさせない軽やかな着地音。

ゴボゴボと血泡を口から吹く古竜は、今しがた自分が何をされたのかも認識できずに瞠目する。

気付かぬ内に自身の斜め後ろに移動していたシャーリィに、喉笛から噴き出る大量の血液が意味することを、古の竜は数秒考えた。

「御託《ごたく》は結構。生憎、今の私はその角以外に興味の欠片もありませんので」

大人しく角を渡しなさいと、剣を振って血を払うのではなく、血脂に塗れた剣を消してから新しい剣を出現させるシャーリィ。

首筋に通る太い血管を残さず切断されるという文句なしの致命傷。大量の血液を体外に放出させられ、グラリと傾く巨体を《白の剣鬼》は一切の油断なく、戦闘態勢を維持しながら蒼と紅に輝く二色の眼で睨みつけていた。

シャーリィ到着の前夜の幕間

ドラゴンと遭遇し、応援を呼ぶように通信魔道具でギルドに掛け合ったアステリオス率いるパーティは、山から少し離れた平野で魔物が嫌う匂いを発する香料を周囲に振り撒き、乾燥豆や干し肉、干し野菜のスープを煮る焚火を囲みながら、退屈しのぎの談笑にふける。

「へぇ！　カイルってあの《白の剣鬼》の戦いを見た事あるんだ！」

「うん。といっても、どんな動きをしてたのかはさっぱりだけど」

彼らは最近結成された新人育成を目的としたパーティだが、中でもカイルは一番最近加入した冒険者。交流を深めるために近況や冒険者になった動機などが話題に上がるのは必然だろう。

「本当に凄かった……御伽噺《おとぎばなし》に出てくる怪物を全く寄せ付けなくてさ。……正直、生き残っても僕は冒険者辞めるしかないと思ったんだけど、あんな圧倒的な姿を見せられたら僕だってって思って……」

「……ふぅ～ん？」

単なる憧れ以外の感情が見えた気がしたのは女の感が原因か……レイアは訳知り顔な笑みを浮かべながら、手に持つ器にスープを注ぐ。

「それにしても、半不死者《イモータル》ってどんなに酷い怪我をしてもすぐに治るんでしょ？　それってシャーリィさんの場合、損傷無視した特攻をし続けられるって事じゃん。そりゃ、あの華奢な体でも有名になる訳だよ」

シャーリィという冒険者は良くも悪くも有名で、辺境の街のギルドでは冒険者らしからぬ姿が非常に目立つ。

半不死者で二人の子持ち、頭に超が幾つも付く様な凄腕の剣士でありながらBランクに留まる孤高かつ孤独な冒険者は吟遊《ぎんゆう》詩人の詩にもされたことがあるほどだ。

その上、日焼けをしていない真っ白な肌と華奢な手足の持ち主が未出世の凄腕冒険者だというのだから世界は分からない。

「バーカ。そんな都合の良い力がある訳ねぇだろ。半不死者は文字通り、中途半端な不死者なんだ。お前、背丈だけじゃなくて脳味噌まで小さいんじゃねぇの？」

「はぁああっ⁉　誰がチビで鳥頭だこのブ男！」

「ぶっ⁉　て、てめっ⁉　ブーツで顔面蹴るのは無しだろうがっ‼」

両手を枕にして荷物が詰まった大きなカバンを背もたれにしていたクードの顔面を蹴る事で、即座に取っ組み合いを始める二人をカイルが諫めようとするが、アステリオスがその肩に手を置いて左右に首を振る。

込められた意は、すぐに疲れて寝るから放って置けといったところか。しばらく二人を心配そうに見ていたカイルだが、先程のクードの言葉を思い出し、アステリオスに問いかける。

「あの……さっきクードが半不死者は中途半端な不死だって言ってましたけど、それってどういうことですか？」

半不死者は高い知性を持つ生物なら誰でもなり得るゆえに特別な存在ではないが、数が少なく珍しい存在であることには変わりがない。

その為、詳細を知る者も相応に少なく、カイルが気になって調べた範囲では不死の秘密である復元能力の詳細は分からなかったのだ。

「中途半端な不死者……確かにその通りですな。実際に完全な不死など吾輩聞いたことがありませぬし、半不死者もまたしかり。吾輩は以前、他の半不死者と戦いになりましたが、脳に損傷を受ければそれが致命傷になりますからな」

自分の額を指で二度突くアステリオス。

精神の異常によって魂と肉体が変質することで誕生する半不死者は、精神を司る脳を復元する事が出来ない。

狂える理性こそが彼らの原動力であり、それを物理的に異常をきたせば復元能力を失うというのが最も有力な説だ。

「そして再生を超えた復元能力ですが、まさにこれこそが半不死者最大の弱点」

「え？　どういう事ですか？　普通に考えたら、肉体の欠損も瞬時に治せるなんて強みしかないと思いますけど」

「クード殿も先程仰っておいででしたが、無制限に肉体を復元するなど、そんなに都合の良い力など存在しませぬ。復元には大量のエネルギーを必要とするのですから」

例えば体力や魔力。そういった体内エネルギーや魂魄に宿るエネルギーを大量消費して肉体を強制的に復元してしまうのが不死性の秘密だが、逆に言えばエネルギーが足りなければ復元は成功できず、仮に首から下全てを吹き飛ばされて肉体を復元できたとしても、それが一般人並みのエネルギーしかなければ衰弱死しているだろう。

「復元能力こそが半不死者にとっての弱点の目白押し。無論、ある程度なら戦略的に自身の手足を囮《おとり》にして痛恨の一撃を与えることも可能でしょうが、それを何度も続ければすぐに疲労で動けなくなるでしょう」

ドラゴンの逆鱗《げきりん》しかり、吸血鬼の日光しかり、高名で強力な力を秘めた怪物ほど弱点もまた有名になるが、長所と弱点が表裏一体と化した怪物など半不死者をおいて他に居ないだろう。

「ただ、だからと言って半不死者が弱いという訳ではありませぬ。彼らは大抵、覚醒と同時に異能に目覚めるものですからな」

異能とは、魔術に頼らず超常現象を発生させる特殊能力の事だ。元々は石化の目を持つバジリスクを筆頭とした魔物が使う能力だが、半不死者は覚醒と同時にそれを手に入れる。

そのせいで一部からは魔物と迫害されることもあるが、それらを差し置いても魔力を用いず魔術相応の力を人の知恵で操れるというのは最大の強みといってもいいだろう。

「つまり半不死者にとって、復元能力は名前の代名詞程度でしかなく、その真価は老いない体と異能にあるんですね」

「吾輩は炎を自在に操る半不死者と戦ったことがありますが、恐らくシャーリィ殿も何らかの異能をお持ちになっておられるでしょう。それが何なのかは知りませぬがな」

カイルはシャーリィが居るであろう街の方角に眼を向ける。命を助けられたあの日から、彼女の事が知りたくて他の冒険者に訊き回ったことを思い返した。

人の身を維持しながら人ならざる者となった孤高の剣士は一体何を思って怪物と化し、何を想って娘を守り育てているのか。

その過程に悲しみがあったかのような気がしてならない。そう思うと、無性に胸が締め付けられるような感覚を味わった。

（恩を返せればと思ってたけど……僕はあの人に何が出来るんだろう……？）

秘めた思いを叶えるには、彼女と並んで立てるほど強くなれれば良い。しかし憧れた背中は天の様に遥か高く遠く、霞《かすみ》のように酷く儚かった。

翌日、通信魔道具越しに受付嬢から、助っ人に向かったのが件の剣鬼だと聞いて腰を抜かすことになるのを彼はまだ知らない。

雄弁は銀、沈黙は金

倒れかけた巨体は岩を踏み割る前脚によって支えられ、自ずと剣を握る手に力が込められる。

上位の竜にとって、自己再生能力を有する個体は少なくない。それは巨体であるが故か、はたまた戦いに身を置く本能を持って生まれたからか、古竜以上のドラゴンともなるとそのしぶとさは一つ下の階位に位置する将竜とは比べ物にならない。

故に、以前戦った階位五位の戦竜に位置する地竜なら致命的な一撃でも、古竜なら自己再生で耐え切ることが出来るなど、さほど珍しくも無いのだ。

しかし、自己再生は生態ではなく術者の認可の元に発動される古い魔術の一種。一瞬で絶命しうる一撃を受けては、そんな物に何の意味も無いのだ。

そしてシャーリィが今しがた古竜の首を裂いた一閃もまた絶命の太刀。彼女が断ったのは重要な血管のみにあらず、剣を振り抜いたことで副次的に生じた真空波によって脊椎を切り裂く一撃なのだ。

血管と脊椎、この二つを断たれるという事は首を刎ねられることとほぼ同義。いかに相手が古のドラゴンであったとしても、生物である以上、自己再生を使う間も無く絶命するしかない筈だった。

「これは……随分と珍しい個体に遭遇しましたね」

しかしどういう訳か、首に横一文字に刻まれた傷は再生や治癒を通り越した、復元ともいえる尋常ではない速度で塞がっていく。

どこか見覚えのあるその光景に、シャーリィの確信ともいえる予感が肉体復元の正体を理性に告げていた。

「半不死者《イモータル》のドラゴン……また面倒なのと予期せぬ遭遇《エンカウント》したものです」

その言葉が格下の魔物の討伐をするつもりが想定していたよりも強い魔物と遭遇することを指す

のなら、この状況も十分そう言えるだろう。

人とは比べ物にならないほど長い寿命というのは、精神に異常をきたすことが比較的多い。それ故半不死者になるのは人間以外の長命の種族であることが多いのだが、それでも古竜以上のドラゴンという希少な個体に加えて半不死者というのは真に稀だ。

そして、人間などとは比べ物にならないエネルギーを持つ古竜が復元能力を有するという厄介さも理解できる。

人ならば四回も致命傷を与えればエネルギー切れで動けなくなるところだが、途方もない魔力や生命力を有する上位のドラゴンなら全力戦闘を行いながら人の何十倍もの回数の致命傷を受けても復元できる。

『ククク、どうした？　そのような呆けた顔をして』

致命傷を与えたにも拘らず瞬時に復元されたシャーリィの心情を察してか、古竜は嗜虐心に満ちた声で語りかけた。

『少々素早いようだが、その様な小手先の力、我には無意味で――――』

またしても言い切る前に古竜の首を斬るシャーリィ。

『貴様……！　一度ならず二度までも我の言葉を遮るとは……！』

「貴方のつまらない話の付き合うつもりはありません」

血泡を吹きながら傷を復元し、殺気を放つ古竜を一瞥もせず、シャーリィは懐から懐中時計を取り出して時間を確認する。

「十二時過ぎ……一時間で貴方を仕留め、本題を終わらせれば成人祝いの鉱石も採掘できそうです。という訳で、その命サクッと頂きます」

シャーリィはもとより、ドラゴンに眼中は無い。目の前の古竜など、今頃宿のベッドで眠っている娘の薬の材料程度でしかないのだ。

『何と不遜《ふそん》な人間だ……！　我を前にしてここまで減らず口を叩いた者はいないぞ……‼』

そして、自身を物のついでのように扱い、手っ取り早く倒すという宣言は竜の逆鱗に触れるどころか、毟《むし》り取られるほどの怒りをプライド高い竜に与えた。

『その傲慢《ごうまん》！　その不遜！　精々あの世で後悔するがいい‼』

その巨体を浮き上がらせるには小さすぎる竜の翼には、浮力の魔術が宿るという。

四枚の翼を羽ばたかせた事で発生する暴風で砂埃を巻き上げながら、古竜は天空に舞い上がる。

ドラゴンという種がなぜ最強と呼ばれるのか。それは潜在的な魔力や膂力、耐久力という点も大きいが、それと同様に恐るべきは攻撃力と耐久力、巨体を維持したまま容易く位置の利を得られるという点にある。

元より水中で戦う水竜は別として、体重を感じさせない飛行能力を持つ翼竜に地中を自在に駆け回る地竜といった、本来人の手に届かない場所こそが土俵の怪物が強襲に奇襲、ブレスによる飽和攻撃を繰り返せばどうなるか。

ただでさえ素の力で圧倒しているというのに、位置の利まで生かしたドラゴンにたかだか地表でしか移動できない人間に何が出来るというのか。

「…………」

『何っ⁉』

だからこそ、シャーリィが自身と同じ高さに居るという事に驚愕を隠し切れない古竜。飛翔の魔術を使ったのではない。地表から天高くせり上がる巨人族が持つような大剣、その柄に掴まって竜と同じ視線まで昇ってきたシャーリィはその背中に飛び乗って、硬い鱗をものともせず二対の翼の付け根に深々とレイピアを突き刺した。

『グォオオオオオオオオオオオオオッ‼』

刺突剣と呼ばれるに相応しい貫通力で翼の機能を失い、痛みに悶えながら岩の巣へ落下する古竜。

しかしシャーリィの攻撃はそれだけでは終わらない。

突き刺した剣をそのままに、新しく両手剣を手元に出現させて巨体の上を駆け抜ける。天から落とす為の四連撃など囮、目指すは半不死者共通の弱点である脳が詰まっている頭だ。

長い首を一飛びで越え、後頭部から頭蓋を切り裂いて脳を潰そうとするが、その斬撃は突如目の前に展開された光の障壁に阻まれた。

「……む」

アステリオスが使う物とは多少違いはあるが、同じ結界術だ。上位種のドラゴンが魔術を使う事は何ら不思議ではないが、障害物を挟まれた斬撃は結界を切り裂いたものの、頭を傾けることで剣筋を逸らされ、竜の硬い頭蓋を割るには至らなかった。

「あくまで頭を守りますか」

頭蓋を守るように展開され続ける結界は、半不死者の急所を徹底して守るもの。ならばと、シャーリィは落下中の古竜の全身を壁走りの要領で駆け回り、深々とした切痕《せっこん》を刻んでいく。鋼よりも固い鱗を鋼の剣で切り裂き、重要な血管から四肢を動かす腱に至るまで、外側から斬れるであろう生体維持に必要な組織を復元が追い付かないほどの速度でその悉く断っていくシャーリィ。

『き、貴様ぁ……！　いい気にな――――』

最後に喉を切り裂き、三度言葉を遮る。翼への攻撃から十秒足らず、夥《おびただ》しい鮮血の尾を引きながら巣に墜落した古竜。

巨体が天から落下した際の衝撃で骨は砕け、内臓が潰れる感触が背中越しから伝わり、更なる追撃をしようと新たに剣を出現させるが、全身から迸《ほとばし》る魔力の波に押し返された。

「ふむ」

シャーリィは怪訝そうに顔を顰める。今しがたの連続斬りは古竜に十数回は致命傷を与えたのだが、復元によって消費しているはずの魔力が消費しているようには見えないのだ。

（いいえ、これはむしろ回復している？）

秒刻みで魔力が急速に充填《じゅうてん》され、体力をも回復していく気配を感じる。これは幾らなんでもおかしい。

魔力と言うものは休養か専用の道具や薬で回復するが、目の前の古竜はシャーリィが知る三つの回復手段を用いずに、減った傍から膨大な量の魔力をその身に供給し続けている。

「なるほど……それが貴方の異能ですか」

半不死者に宿る魔術に依らない超常現象。どういった理屈かは不明だが、この古竜のそれは魔力の自己回復であると睨む。

『クハハハハ！　地脈より魔力を無制限に供給する我が異能を前にして、絶望を悟ったか！　半不死者にとってその異能が意味することは理解できよう？』

半不死者の復元回数は魔力などのエネルギー量に比例する。生物ではどうしても有限となる魔力も、無尽蔵に魔力が沸き上がる地脈からノーコストで供給し続ける事が出来るならそれは無限に極めて近く、その上で頭を守り切れるなら真の不死者に等しい。

シャーリィとて、目の前の古竜を舐めてかかっている訳ではない。障壁を突き破るに必要なほんの刹那で頭蓋を割られないように対応できる程度の事はやってのけた。

ドラゴンにしては臆病ともいえる対応だが、それはこの戦いに勝利するには最も確実な手段でもある。

『こちらは延々と傷と疲労を癒す事が出来るのに対し、貴様はただ疲労を蓄積していくのみ。午前中に我を倒すなどと言う戯言《ざれごと》をほざいていたが、このまま貴様が動けなくなるまで戦い続け、嬲り殺すことも出来るのだぞ？』

実際、このまま千日手を繰り返せば敗北するのはシャーリィだ。そしてこの狡猾なドラゴンは、その状況へと持ち込もうとしている。

『加えて貴様の魔術も既に把握済みだ！　貴様が出現させている剣は全て、空想錬金術によるものだろう？』

その上、古より重ねられてきた知識は、冒険者ギルドでもほとんど把握されていない彼女の手の内を解き明かした。

物体から同じ量の別の物体を作り出すのが錬金術だが、その秘奥《ひおう》は無から有を生み出すこと。空想錬金術とは、手元にあるオリジナルを魔力で劣化複製するという、秘奥に近づこうとしたもののなれの果てだ。

魔力から作り出した物である以上、術者の手から離れれば数十秒で跡形もなく消え去る。その上、魔力を宿した武器などを性能までは再現できず、ただ何の力も宿していない張りぼての武具しかだせないという、剣士としてなら有用だが錬金術としては無価値の烙印を押された他の誰も使いそうにない魔術だ。

その証拠と言わんばかりに、古竜の背中に突き立つレイピアも、シャーリィを天高くへと運んだ巨人の大剣も霞のように消えてなくなっている。

『手元にオリジナルとなる剣が見当たらないが、それもオリジナルを貯蔵している空間魔術に由来する魔道具があれば――――』

「先程から自慢気に語っていますが」

見聞の姿勢は、目の前の敵の手の内と、どの程度こちらの手の内を知ったかを図る為のもの。

無尽蔵の魔力供給による肉体の復元は確かに脅威だろう。魔術の正体を暴かれたのは妨害の有無を問わず不利となったことは否めない。

それでも、古竜の一撃一息を掻い潜り、全身諸共喉笛を切り裂いて四度言葉を遮ったシャーリィの剣には、突き付けられた圧倒的不利への恐れが表れていない。

「冒険者の間では、自分や相手の手札を詳らかにすることを敗北の旗……死亡フラグというのですよ。知っていましたか？」

全力で一部に集中させた結界でなければ対応する時間すら稼げない斬撃が古竜の頭部以外を滅多切りにする。

そう、一瞬でもいい。体がまともに動かせなくまで切り刻む。聞いてもいない情報を自己顕示欲《じこけんじよく》に促されるままに喋ってくれたおかげで、シャーリィには斬るべきものがはっきりと視えていた。

「……そこっ！」

戦闘中、初めて見せた鋭い烈気。湾曲剣を手に、深く腰を落とした脇構えから何もない空間を斬ったかと思えば、肉体の復元を終えた古竜の体が……無尽蔵に魔力を吸い上げ、疲れというものを知らない古竜の体がグラリと疲労で傾く。

『……き、貴様ぁ……！　一体何をしたぁっ‼』

「それは貴方が一番よく分かっているはずです」

いつも通り素っ気ない口調で、《白の剣鬼》はなんてことは無いかのように告げた。

「異能によって出来た貴方と地脈の繋がり……無尽蔵の魔力の供給を断ち切った。ただそれだけです」

古竜はシャーリィに一撃たりとも与えられなかったが故に気付かなかったが、彼女もまた半不死者にして異能者だ。

その力の全ては、蒼と紅の二色の眼に宿った。忘れもしない、かつて愛した人からの指示で拷問を受け続けた牢を抜け出したあの日から、彼女の目には文字通り全てが視えていた。

肉眼では捉えられない速さで動くもの。

遮蔽物《しゃへいぶつ》のその先に存在するもの。

概念や呪い、加護などといった色も形も存在しない〝力〟。

果てには数秒先の未来までも。

ただただ、視ることにのみ特化し、単体では他に影響を与えることのない二色の双眸《そうぼう》。それが彼女の異能だった。

『バ、バカな⁉　形どころか、実体すら持たぬ我が異能を剣で断ち切るなど、そのようなこと出来るはずが……！』

「しかし実体があろうとなかろうと、其処にある事には変わらない。だから断ち切れるように練習した……それだけです」

開いた口が塞がらないとは、まさに今の古竜の心境を表す言葉だろう。

全てを視る。それは異能の力も例外ではない。そして視えた以上、其処に存在を証明しているという事だ。

ならば斬る。たとえ実体のない〝力〟でも、目に見えたものは全て断つ。ソレこそが理から外れた人外の剣、シャーリィを《白の剣鬼》たらしめる、望んだもの全てを斬る一閃である。

「さて……貴方の自慢の異能もこれで無くなりました。後はその命の悉く、断ち斬らせてもらいましょう」

早く薬の材料を渡せ……そう雄弁に語る瞳と、何気なく切っ先を突きつけるその仕草に、古竜は鬼神の影を見た。


時は、少し遡る。

「群れの長が居ない？」

バッドボノボの群れを片付けたカイル達は、山のような死体の焼却処理を終えた後にアステリオスから告げられた情報に首を傾げる。

「ええ。これほど大規模な群れならシルバーバッグという統率能力に長けた老練な個体が居て然《しか》るべきなのですが、御三方は見ませんでしたかな？　全身白い毛に覆われた一回り大きな個体なのですが」

ゴブリンクイーン同様、集団で暮らす魔物は規模が大きくなると統率するためのリーダーが誕生するのだが、裏を返せば大きな群れにリーダーが居ないというのは異常事態ともいえる。

どうにも嫌な予感がする。アステリオスは顎に手を当てて唸ると、戦車《チャリオット》に積んであった荷物から水晶玉と翅《はね》が付いた石造りの眼球を取り出した。

「何それ？」

「これは元々、シャーリィ殿の戦いを高みから見物しようと持ってきた遠見の魔道具なのですが、本来の用途は偵察でしてな。これで山の様子を窺って見ようかと」

音も立てずに山へと飛んで行った石眼。アステリオスが小声で短い詠唱を唱えると、水晶玉に石眼が見ている光景が映し出された。

「うわっ！　これ超便利じゃん！」

斥候職として、クードが感嘆の声を上げる。人の視点ではありえない角度や高さで通り過ぎる光景が映し出され、天高くから山頂を見下ろせば、そこには神代に語られる戦い、その再現が繰り広げられていた。

「……凄い」

ただ、その一言に尽きる。

巨竜を相手に一方的な戦いを繰り広げる現代の剣士。その技の全容、何をどうすればそんな風に戦え、ダメージを与える事が出来るのかを理解し切る者はここには居ない。

カイルは羨望《せんぼう》の眼差しを水晶越しに贈る。高みを目指して彼女に憧れたのは遠回りではない。目標と定めた人はドラゴンをものともしない冒険者なのだと。

「ん？……ねぇ、ちょっとこれ見て！」

レイアが水晶玉に指を突き付ける。その指の先には、遠くから剣鬼と古竜の戦いを覗き視る白い体毛の猿、シルバーバッグが映し出されていた。

「悪い予感と言うものはここぞという時に当たりますな……理由は定かではありませぬが、どうやら我が術中より免れた様子」

「アステリオスさん、この魔道具ってこっちの言葉を向こうに伝えるとか、そういう機能は無いんですか？」

アステリオスは無言で牛頭を左右に振る。

シルバーバッグが何をどう思ってあの場に居るかは分からない。しかし鉱山のバッドボノボはドラゴンの支配下にあった群れだ。

主と外敵の戦いを前にして、どう考えてもこちらの都合の良いように動くとは考えられない。どうにかして伝えたいが、今から山頂へ向かっても手遅れになる可能性が高い上に、アステリオス以外は完全に足手纏いになる。

カイルは少しの間葛藤《かっとう》を繰り返し、やがて顔を上げて真っ直ぐアステリオスの目を見ながら告げた。

「アステリオスさん、この魔道具の術式を改変してこちらの声を届けるようにしたいんですけど、弄って大丈夫ですか？」

「ええ、構いませぬが……可能なのですかな？　他人が作った魔道具の術式改変はかなり難しいのですが」

「魔道具の扱いについては最近一番勉強してるんです。出来るとはとても断言できませんけど……」

思い出すのは初めての依頼。ほんの逡巡《しゅんじゅん》が生んだ消えない後悔。

「でも、出来そうにないからって何もせずに後から後悔するなんてこと、したくないんです」

そこは、まさに斬撃空間と呼ぶべき状態だった。

立ち入った生物全てを斬殺する刃の閃き、その嵐の中に囚われた古竜は頭を必死に守りながら徐々にその命を散らしていく。

始めこそブレスや爪牙で迎撃しようとしたが、時間の経過とともに激しさを増していく斬撃に最早縮こまってほんの少し寿命を延ばすのが精一杯。

魔力の供給は断たれ、こちらの意図とは無関係に復元を繰り返す肉体は、容赦なくエネルギーを消耗させていく。

まさに屈辱。誇り高きドラゴンが矮小な人間一人に一方的に追い詰められるなどあってはならないと、古竜は目にも映らぬほどに加速したシャーリィを睨みながら内心でほくそ笑んだ。

(だがそれもここまでだ……！　貴様は背後からの一撃を受けた直後、我に止めを刺されるのだ……！)

古竜は蛇のように周到で狡猾だった。バッドボノボへの精神干渉の魔術の気配を感知した古竜は、すぐさま猿の長であるシルバーバッグに耐魔の魔術と気配遮断の魔術を施し、岩陰に控えさせていたのだ。

(あのような下等生物の手を借りるのも屈辱だが……敗北するよりも良い……！)

あのシルバーバッグは長い暗示を必要とするものの、中級魔術である《バーンウォール》を発動できる。

巣全体を覆うように迫る炎の壁だ。いかに人智を超えた速さと剣技を持っていたとしても、直撃してタダで済むとは考えにくいし、たとえ対処したとしても必ず隙が生まれる。

その刹那を見逃すほど、古竜も耄碌《もうろく》してはいない。粉々に噛み砕いてやると全身を切り刻まれながらを気を研ぎ澄まさせる。

（さぁ、このまま我に気を取られているがいい。もうすぐだ、もうすぐ貴様を滅ぼす為の一撃が……！）

シルバーバッグの詠唱が終え、炎の壁が生み出されようとしたその瞬間――

『シャーリィさん、後ろ！　シルバーバッグだ！』

戦場に響く切羽詰まった若い男の声。何事かと声がした方向に眼を向ければ、翅で空を飛ぶ石眼の魔道具が天空からシャーリィたちを見下ろしていた。

「っ」

古竜の体を足場に天高く跳躍するシャーリィ。夜空に浮かぶ三日月を連想させる姿に見惚れる間も無く剣が投擲され、シルバーバッグの頭蓋を貫く。

プライドを一部捨て、配下の魔物まで運用した古竜の奇襲は、実に呆気なく食い破られた。

『き、貴様あああああああああっ!!』

怒りを露わに石眼にブレスを浴びせようと大口を開ける。だがそれよりも疾《はや》く、シャーリィが古竜の四肢の腱を断ち、発射口を地面に落とす。

すぐさま肉体が復元し襲い掛かるかと思いきや、止めどなく流れる血は留まることは無く、全身に力が入らない。

幾十もの致命傷を受け、湖のように膨大な魔力を秘めていた古の竜は、遂にそのエネルギーを枯《こ》渇《かつ》させたのだ。

『あ、ありえん……！　わ、我は西の――――』

「興味ありません」

そう言い捨てて竜の首を断つシャーリィ。これにて五度、言葉を遮られた古の怪物は無念と怒り、虚栄心が綯《な》い交ぜになった感情を抱き、その意識を暗闇に沈めるのであった。


その後、ドラゴンの死亡を確認したことで意気揚々と山頂まで登ってきたパーティをツルハシを右手に、カバンに拳大の石や竜の角の一部を詰め込みながら出迎えたシャーリィに、クードは訝し気な表情を浮かべる。

「何でツルハシ？」

「少し採掘したい物がありまして。私にとって本命は角ですが」

山の裏手に突如深い穴が開いたことを知らず、クードは首を傾げるばかりだ。

「ドラゴンの財宝は良いのかよ？」

心底どうでもいいとシャーリィは頷く。愛娘を癒す素材を前に、目の前のガラクタに何の価値があるのだろうか？

「今回配下の魔物を引き寄せた事で十分ドラゴン征伐に貢献したでしょうし、好きにすると良いでしょう」

マジかよ！　と取り分が増えたと言わんばかりに喜ぶクードにシャーリィは盛大な冷や水を浴びせる。

「もっとも、持ち帰られるだけの分しか持って帰れませんが」

「いいって！　詰め込めるだけ持って帰ってもかなりの金になるだろうし！」

嬉々とした表情を浮かべつつも財宝の山に向かうクード。欲張りすぎて重くなった荷物を抱えながら長い帰路につく未来が待ち受けている彼には一瞥も向けずに、シャーリィはカイルの前まで歩み寄った。

「先程、シルバーバッグの存在を知らせてくれたのは貴方ですね？　とりあえず、礼を述べておきましょう」

「い、いいえ！　シャーリィさんなら自力でどうにかしてたかもしれませんし、むしろ余計な事したんじゃないかって……」

「ええ、そうかも知れません」

ですが、とシャーリィはカイルの言葉を肯定しつつも否定する。

「戦いに絶対はありえません。どれほどの達人、どれほどの英雄であっても、大物喰らいに遭うことがあるのです。ですから、貴方の行いは決して無駄ではありません」

シャーリィは右手を胸の中央に当て、錯覚と思われるほど小さな笑みを浮かべて告げた。

「貴方に感謝を。お陰でこうして生き残る事が出来ました」

「い、いやぁ……そんな、大したことは……」

酷く照れくさそうに頭を掻く。挙動不審気にワタワタと両手を振っていると、やたら真剣な表情で財宝を漁っているクードの元へカイルは走り去っていった。

「ぼ、僕も財宝漁ってきますのでごゆっくりー！」

何やら文法が可笑しなことを叫ぶカイルを見送り、シャーリィは首を傾げる。

「……何だったんでしょうか？」

「……ふぅん。シャーリィさんって結構鈍いんだ」

「鈍い？　どういう事です？　私の動きに何か不備でも？」

「いや、そういう訳じゃないんだけど……まぁ、気付いてないならいいや」

レイアはグッと背筋を伸ばし、財宝の山を見る。

「さて、と。アタシもそろそろ目当ての石を探さないとねー」

「……巣で結構暴れたので、宝石類が散乱しているのですが、大丈夫ですか？」

「平気平気。アタシこういう時の為に捜索の魔術も使えるから」

そう言っているものの、一向にその場を動こうとしないレイア。何やらうー、あー、と悶えているると意を決したように告げた。

「あのさ、ありがとね。私の我が儘《まま》に付き合ってもらって」

「別に礼を言われることではありません。偶々行先やメリットが一致しただけ……貴女の頼みは物のついでに過ぎません」

「それでもさ、シャーリィさんが居たからこんなに早くドラゴンを倒すことが出来たし、居なかったらこうして家宝探すことも出来なかったと思う」

レイアは何処までも明るい金色の瞳でシャーリィを見上げ、太陽にたとえられそうな満面の笑みを浮かべた。

「だから、本当にありがとう！　シャーリィさんと会えてよかった！」

「…………」

それだけ言って財宝漁る少年二人の元に突貫《とっかん》するレイア。すぐさまクードと喧嘩し、止めに入ったカイルの顔面と鳩尾《みぞおち》に肘が入ったりと、つい先ほどまで凄惨な殺し合いがあったとは思えないほど平和な光景を、シャーリィは思わず無言で眺めた。

「如何なされた、シャーリィ殿」

「いえ、少し新鮮だったもので」

「ほう？　十年に渡って冒険者を続けられた貴女が、新鮮と思えることでしたかな？」

「今までは娘の為に金銭を稼げれば良いと思っていたので、依頼の経緯や依頼者の事には一切興味がありませんでした。なので、こうして面と向かってお礼を言われるのは初めてなのです」

「それはそれは」

アステリオスは心底愉快そうに笑った。何故か居心地が悪くなったシャーリィは、颯爽と背を向けて、翼竜を待たせている山の麓へと向かう。

「……それでは私は急いで帰らなければならないので」

「えぇ、また縁があれば」


時刻は十七時。道具屋に古竜の角を押し付け、二人分の薬が出来るくらいの時間になったら取りに行くと言い残したシャーリィはタオレ荘へ戻ってきた。

普通なら数日は掛かるであろう旅路と古竜討伐……それを八時間足らずでサラリと成し遂げた常識外れの偉業は全て無視し、ギルドへの報告は後回しだと一目散に借り部屋へと歩を進める。

「マーサさん、娘たちは？」

「さっき様子見に行ったけど、まだ寝てるよ」

どうやら依然、薬の効果は続いているらしいが、それももうじき切れるだろう。ならば起きた時に不安にならぬよう、側に居てやらなければという謎の使命感がシャーリィを駆り立てる。

足音を立てずに、素早く娘の寝室に忍び込む。二人用の広いベッドの上では、まだ顔は赤いものの呼吸が安定しているソフィーとティオが眠っていた。

「……ほっ」

たまらず安堵の息が漏れた。薬のためとはいえ、病床の娘の前から七時間以上離れたおかげで、内心気が気ではなかったが、こうして起きる前に帰って来れて安心する。

「氷枕が温くなってますし、交換しましょうか」

頭の下に敷かれた枕の中の氷が完全に融け、体温で温くなったそれを二人の頭の下から優しく取り出し、無詠唱で簡単な魔術を発動させる。

初級魔術、《ホワイトフォース》。温くなった水が見る見るうちに凍りだし、枕の中身の水の三割が氷と化すと、シャーリィは中身が漏れ出さないように口を閉め、氷になった部分を粗めに砕く。

再び二人の頭の下に冷たくなった氷枕を敷くと、その四つの瞳がゆっくりと開いた。

「起こしてしまいましたか？」

「ううん……大丈夫」

「……流石にもう眠くないかな」

とは言っても、頭が揺れるような感覚に襲われているせいか、起き上がろうとはしないソフィーとティオ。しかし事前に服用した霊薬の効果があったおかげか、受け答えははっきりとしている。

「食欲はありますか？　朝から何も食べていませんが」

「んー……」

その時、くぅ……と、可愛らしい音が双子の腹から聞こえた。ソフィーは恥ずかしそうにはにかみながら答える。

「えへへ……お腹空いた」

「わたしも……ミートパイ食べたい」

「それは治ってからにしましょう。すぐに用意するので待っていてください」

そう言い残して厨房で素早く調理を終わらせ、部屋へ戻ってくるシャーリィ。両手のトレイに乗せられた二人分の皿を満たすのは、牛乳と砂糖で甘く味付けしたパン粥だ。

「さぁ、どうぞ」

「うん、ありがとうママ」

ゆっくりと起き上がり、トレイごと皿とスプーンを受け取るソフィー。しかしティオはスプーンをじっと見つめたまま食べようとしない。

「ティオ？　どうかしましたか？」

「……ん」

するとと何を思ったのか、ベッドの傍に置かれた椅子に座るシャーリィにスプーンを持たせると、その小さな口を開け――――

「……あーん」

「…………」

要するに食べさせて欲しいという事か。本来なら窘《たしな》めるべきだ。手も持ち上がらないほどならともかく、十歳になったのだから自分で持って食べるべきであると。

だが、しかし。

「……どうぞ」

「あむ」

この小さなおねだりには抗う事が出来なかった。まるで本能的に雛《ひな》に餌を与える親鳥のように、理性が働くよりも先に手が勝手に動く。

体技に優れ、戦闘においては条件反射すら操って見せる《白の剣鬼》だが、この時ばかりは母性本能の赴くまま、どこか嬉し気に食事介助に勤しんでいた。

「…………」

「……はっ」

視線を感じて振り返ると、ソフィーがじーっと、こちらを見つめている。しばらく見つめ合い、無言で手のひらを差し伸べると、ソフィーもまた無言でスプーンをシャーリィの手の平に置いた。

「あ……あーん」

「はむっ」

結局、介助が必要ない程度には動ける二人の介助を鉄面皮を保ちながら内心デレデレと喜びながら行うシャーリィ。その動きは非常に手慣れたもので、なんだったらスプーンを両手に持って器用に食事を口元へ運べるほどだ。

「お母さん、なんか慣れてるね」

「それはそうでしょう。昔、私がどれだけ貴女たちに食事を与えてきたと思っているのですか」

当たり前の話だが、この二人にだって食事介助が必要なほど幼い時があった。それら全てをほぼ一人で行っていたのは他でもないシャーリィである。

喋れない上に突然動き回る幼児に比べれば、聞き分けが良くなった十歳の介護などどうという事はない。

そんな慌ただしくも懐かしい思い出に振り返りながら、母娘の一日は過ぎていった。

学友の見舞い

流行病が通り過ぎ、ソフィーとティオの熱が完全に引いて、何時も通りの快調となった翌日。二人は念のために今日一日は家で安静にして過ごすようにと担任教師に通達を受けると共に、とある予定を知らされた。

「……テストなんて滅びればいいのに」

「現実逃避しないでよ。言いたいことは分からなくはないけど」

ボソリと呪詛を零す妹を呆れた視線で見降ろすソフィー。何でも明日には大陸共通単語五十問のテストがあるらしく、半分以上正解できなかった生徒には漏れなく補習が待っているという。

そんな寝耳に水な話を聞かされたティオにとって勉強と言うものは鬼門に他ならない。母が文字通り命を懸けて稼いでくれてた金で通っているため、真剣に勉学に励んでいるが、苦手なものは苦手なのである。

「読み書きするのに使うは分かるけど、覚えることが多すぎて嫌になる」

「仕方ないでしょ？　授業って殆どが読み書きの勉強なんだから」

公式さえ理解出来れば解ける計算とは違い、言葉の数だけ文字が増える文章は根気を要する暗記がものを言う。

ティオは俗にいう体育会系だ。体育の成績だけなら学校でも群を抜いている彼女だが、長時間根気強く机の前に齧りついていると眠くなるのだ。

「ただでさえ普段の授業でも眠いのに、その上補習なんて言われたら起きていられる自信が無い」

「まったくもー。そんなに補習が嫌なら、私が勉強見てあげるから頑張ってテスト乗り切ろう？」

「……ソフィーは急にお姉さん風吹かせるようになった」

「まあね。私はティオのお姉ちゃんだし」

未発達の薄い胸を反らし、得意げな顔を浮かべる姉をティオは眠たげな紅色の瞳で見上げる。

同じ日に生まれ、双子ならではの似た顔立ちのソフィーとティオだが、性格だけではなく得意不得意も大きく異なる。

運動能力に突出するようになったティオと比べ、ソフィーは学年で一番勉強が出来る生徒だ。

運動も得意という訳ではないが苦手という訳でもない、まさに優等生と評しても良いソフィーが、こうしてお姉さん風を吹かせるようになったのはいつ頃だったたか。

『ねえママ。私とティオってどっちがお姉ちゃんで、どっちが妹なの？』

『どちらも同じ日に生まれてきましたが……先にお腹から出てきたのはソフィーですので、貴女が姉になるかと』

学校に入学する前、そんな会話をしていたことを不意に思い出した。そこから姉としての自覚が芽生えたように思う。

……風邪をひいて精神的に弱っていたとはいえ、自分と同じように母に甘えていたことは言わぬが花だろうと、ティオは開きかけた口を閉じた。

「それにほら、ママだって冒険者も読み書きできた方が良いって言ってたじゃない？　だから頑張ろう！」

二人には、母にも秘密にしている将来の夢がある。それは母と同じ冒険者となって、いつか家族皆で世界中を旅して回ると言うものだ。

世界は厳しいが、それに負けぬほど美しいものがあるとタオレ荘に住む冒険者たちに聞いたことがある。

とても自然の産物とは思えぬ爛然《らんぜん》と輝く水晶の谷。

人の手足では登れぬほど険しい山の上に広がる、妖精の楽園と呼ばれる美しい花畑。

黄金に煌く翼を翻《ひるがえ》し、見た者全てに幸福をもたらすという空の王。

危険で険しい道のりゆえに、シャーリィはきっと反対するだろう。だがそうしたものを三人で見られればきっと楽しいに決まっている。いつも自分たち以外を顧《かえり》みない母も、楽しんでくれるに違いない。

「……ん。分かった、頑張って勉強する。そして補習を免れる」

そう言ってノートや教科書、鉛筆を机に置き始めた時、扉をノックする音が聞こえてくる。タオレ荘の廊下に続く扉を開けると、そこにはマーサが立っていた。

「二人とも、友達がお見舞いに来てるよ」

「友達？」

親指で示された廊下の先を見て見ると、そこには物怖じしなさそうな雰囲気を発する二人の女子と、その二歩後ろで控えめな笑みを浮かべる女子が一人。

「よぉ。元気かー？」

「お見舞いに来たよー」

「リーシャにチェルシー」

「それにミラまで」

彼女たちはいずれも、二人が入学してからできた友人たちだ。

「二人とももう風邪は平気？　これ果物なんだけど」

「あぁ、それならあたしが切り分けて持ってきてやるよ」

「あ、お願いしても良いですか？」

珍しい黒髪黒目の少女……ミラが持っていた手提げ袋をマーサが厨房に持っていく。

「わざわざ来てくれたんだ。……で、その学校用の鞄は？　もしかしてテスト関連？」

「流石ティオっち、目敏《めざと》いね」

「いやなに、私たちも補習は勘弁だからさ。ここはソフィー大先生の力を借りようと思って」

この中で一番背の高い少女……リーシャが両手を合わせて頼み込むと、糸目の少女……チェルシーがソフィーの背中にもたれ掛かる。

「ねーえー、頼むよー。無駄に勉強したくないんだよー、放課後にまで学校に居たくないんだよー」

「ちょっとチェルシー！　重いってば！」

絡みつくチェルシーを引き剥がそうと抵抗するソフィーにミラがどこか申し訳なさそうな顔で頼み込む。

「ごめんね、二人とも。わたしも一緒に勉強させてもらって良いかな？」

「それは良いけど、ミラまで一緒なのは珍しい。どうしたの？」

「おいおいティオ？　その言い方はちょーっと引っかかるぞ？」

リーシャの声を丸ごと無視し、ティオはミラに問いかける。

ティオと同じく勉強が不得手なリーシャとチェルシーはともかく、ミラはソフィー程ではないにしても勉強が出来る方だ。

こうしてともに勉強を、と誘う事は今までなかった友人は、少し言い難そうに告げる。

「最初はリーシャちゃんとチェルシーちゃんの勉強を見ようと思ったんだけど、わたし一人じゃ手が回らなくて」

「頼む！　病み上がりで悪いんだけど、私らも次のテストヤバいんだわ！」

「まぁ、私たちも暇だったし、そういう事なら別に良いけど……ティオもそれでいい？」

「ん」

こうしてシャーリィたちの家である借り部屋一室に三重の挨拶と共に入った一行。三部屋ある内の一つ、居間として使用しているスペースに設置された広い机に学友たちを座らせ、ソフィーとティオで人数分の飲み物を淹れトレイに乗せて帰ってきた時、自分たちの気配しかない住居を見渡してリーシャは問いかけた。

「シャーリィさんは今日居ないのか？」

「うん。ギルドに依頼の報告に行くって。ちょっと帰りが遅くなりそうだってさ」

「何時もだったらお母さんに勉強見てもらうんだけどね」

仕事よりも娘の事を優先して二人の勉強を見ることが多いシャーリィだが、風邪が治るまでの数日に渡って甲斐甲斐しく看病を続け、ギルドへの報告を後回しにしていた為、つい先ほど冷たい笑みを浮かべたユミナが乗り込んで来たのだ。

チラチラと未練がましく娘の方を見ながら、出来るだけ早く帰ってくるからと言い残す母の手を受付嬢が引いて行ってしまったのだ。

「でも良いなぁ。あんな美人でGカップで勉強もできる上に、凄腕の冒険者なんでしょ？　同じ冒険者の兄ちゃんが言ってたし。アタシもあんな母ちゃんが居ればなぁ」

「フフン、まぁね……って、なんでママの胸のサイズ知ってるの⁉」

「え⁉　第一印象でグレートなサイズだと思って適当に言ったんだけど……本当にGあったの⁉」

「うっそ、マジで⁉　デカいデカいと思ってたけど、本当に偉大山脈だったのか⁉」

本人与り知らぬところで何故か本人の胸のサイズの話に花が咲く。実際にアレを頻繁に枕にするティオは「確かにアレは偉大な寝心地だったなぁ」と思い返していると、ふとある事に気が付いた。

（そう言えば、お母さんは何処で勉強したんだろ？）

母は読み書き計算だけではなく、各国の歴史や経済にまで理解が及んでいる。

元々浮浪者としてソフィーとティオを抱えて彷徨っていた時に、ギルドマスターに誘われてこの街に来たというが、母が勉学に励んでいる姿を見たことが無い。

特に気になるという訳ではないが、何となく疑問に思ったティオ。その思考を払ったのは、騒ぐ三人を宥めるミラの声だった。

「ま、まぁまぁ三人とも。時間も勿体ないし、勉強始めよう？　ね？」

何時の間にか勉強会が三十路の乳談義に突入したが、何とか軌道修正して教科書とノートを開く少女たち。

カットされた果物をつまみつつ、うー、あー、とアンデッドの様に呻く三人をソフィーとミラがフォローしながら教えるという光景が二時間ほど続き、途切れた集中力を回復させるために机から離れ、各々勉強とは関係の無い事をし始める。

「すげぇ……」

「でっかー……」

「あのさ、ママの下着を握りしめながら感心しないでくれるかな？」

そうなると、家にある物を物色し始めるのはある意味必然。胸部下着を奪い返されたチェルシーが何となく部屋を見渡してみると、隅の方に布が掛けられた箱のような物を発見し、布を捲り上げる。

「何これ宝箱じゃん！」

それは物語に出てきそうな大きな宝箱だった。

「どれどれ？……んっ？　なんか字が彫ってあるね」

「〝勇者の……道具箱〟？　何だそりゃ？」

「あー、それママの仕事道具とか入ってるから開けたら――」

「トレジャーボックスは開けるしかねぇっ！　いけチェルシー！」

「合点！」

「駄目って言ってるのにぃいいいいいっ!?」

宝箱を前にしたとレジャーハンターの様に蓋を開けようとしたが、まるで溶接したかのように蓋はビクともしなかった。

「よく見りゃ鍵穴も無いし、これ本当に使ってるのか？」

細工らしきものも見当たらず、結局宝箱を開けることを諦めるしかなくなったリーシャとチェルシー。

しかし二人の視線は新たな獲物……綺麗に整理され、棚に収納されている娘の成長記録と背表紙に書かれた本に注がれていた。

ページを捲り、まるで光景そのものを切り離したような絵が並んでいるのを見て、三人は驚いたような声を上げる。

「コレって写真でしょ？　シャーリィさん、映写機なんて持ってたの？」

王都にある最新鋭の魔道具工房で作り出された、風景を写しだし絵にする魔道具は六年程前から市井《しせい》に出回り始めたが、その値段は決して安いとは言い難く、映写機を所持する平民の数は極めて少ない。

「ううん。映写機持っているのはマーサさん……この宿の女将さんなんだけど、写真を撮るのが趣味で、私たちが映ってる分を貰ってるんだ」

気が付けばここに居る者全員の関心を引いていた。

一ページに四枚ずつ貼られた写真の下には、その時その時の日時や出来事が綺麗な文字で記され、思い出が双子の脳裏を過る。

少しの間時を忘れ、そろそろ勉強に戻ろうかとしたその時、ふとある事に気が付いたリーシャがポツリと呟いた。

「今思ったんだが、八歳から下の年齢の写真、ソフィーがティオに手を引かれてるのばっかりじゃないか？」

「本当だ……なんて言うんだろう、これを見る限りはティオちゃんの方がお姉さんって感じだね」

ギクリと、ソフィーの肩が大きく跳ねる。

写真に写されているのは双子のツーショットが多いが、民間学校に入学する前の時に撮られた写真はティオの服の袖を後ろから遠慮がちに引っ張ったり、泣きながらその手を引かれるソフィーの写真まで、今とは違いティオが〝お姉さん〟と言った感じのものが多い。

「へぇ、今じゃソフィーが姉貴ぶってるけど、前までは立場が逆だったんだな」

「ち、違うから！　これは偶々そう見える写真を撮られてたってだけで！」

「これ見ても同じこと言える？」

チェルシーが開いたページ。そこには盛大な地図が描かれた布団が干され、その脇で泣きじゃくるソフィーを慰めるティオの姿を捉えた一枚の写真。

『ソフィー六歳、ある日の事件。面白がったマーサさんから写真を提供される』

そんな文章を添えて、ソフィーの痴態《ちたい》がしっかりと記録されていた。

「ど、どうしてこんな写真まで貰ってるのママーッ!?」

顔を真っ赤にして成長記録を奪い取るソフィー。

普段成長記録など見る機会が無い事が災いした。まさかこんな恥ずかしい写真まで収められているとは思いもしなかった。

「だ、大丈夫だよソフィーちゃん！　お漏らししなかった人なんてそんなに居ないんだから！」

「フォローしてくれてありがとうミラ……でもはっきりとお漏らしって言わないで……！」

「にしても、まさかソフィーとティオの立ち位置が完全に逆だったとはなぁ」

「姉ちゃん風吹かせ始めた時は戸惑ったんじゃないの？」

「んー」

ティオは何かを思い出すかのように首を捻り、堂々と告げた。

「戸惑いはしたけど、実際にソフィーの方がお姉さんだし、別にいいかな。泣き虫がしっかりし始めてむしろ安心したって言うか」

「………」

妹の何やら大物感溢れる台詞に怒る訳でもなく、ただただ戦慄するソフィー。

姉としての威厳は、大きな罅《ひび》を入れて崩れ去ろうとしていた。

母娘の休日

伝説曰く、勇者は何処からともなく道具を取り出し、その数に限度は無いという。

そんな逸話を再現した《勇者の道具箱》と呼ばれる魔道具が存在する。開発者の好みで一見ただの宝箱にしか見えないが、蓋を開ければ外側の大きさに反した広い空間が広がっており、所有者は宝箱からどれだけ離れた場所に居ても自由に中の物を取り出せるという空間魔術を存分に活用した魔道具だ。

シャーリィが戦闘時に使用する空想錬金術のタネが正にこれ。発動するのに必要不可欠なオリジナルの貯蔵庫であり、すぐさま手元に呼び寄せることでオリジナルを持ち運ぶ必要が無くなるという、空想錬金術を戦闘で使用するのに極めて相性の良い逸品だ。

「さて、と」

そして当然ながら、道具箱の中には武器以外の物も当然貯蔵している。

冒険に必要な各種道具から、先日ジュエルザード鉱山で採掘してきたソフィー用の蒼玉《サファイア》のとティオ用の紅玉《ルビー》という二人の瞳の色に合わせた原石。

そして、机と椅子、灯りが設置された宝箱の中で今しがた新しいページを書き終えた一冊の日記帳……シャーリィのささやかな趣味である娘の成長記録だったり。

「先日の単語テストの結果……ソフィーは百点。ティオは六十八点ですか。……頑張りましたね」

依頼で遠出している最中に行われたというテスト結果に、鋼の表情筋と呼ばれる口角が緩むのを止められないシャーリィ。

安定して高得点、今回に至っては満点をたたき出したソフィーはともかく、ティオの成績は赤点ギリギリと親として喜んでいいのかどうか微妙な点数だが、勉強が大の苦手な娘の片割れの努力はこの目で見ていなくても分かる。

もちろん、点数が高いにこしたことは無い。出来る事と出来ない事なら、出来る事の方が良いに決まっている。

しかし勉強だけを突き詰める必要はない。必要なのは将来の選択肢を広げること。そして努力する力を身につけることだ。

彼女たちが将来どのような道を進むかは分からないが、今の幼い日々が道を切り拓く力になってくれることを切に願う。

「……そろそろ時間ですね」

机の上で開きっぱなしになっていた懐中時計を懐に、成長記録を棚にしまって空間の壁に設置された梯子《はしご》を上る。

行き止まりになっている天井部分を腕で軽く押すと、天井が開いて薄暗かった空間に光が差し込む。

梯子を上った先にあるのは住み慣れた借家。シャーリィ自ら配置した家具が並ぶタオレ荘の一室だった。

魔道具、《勇者の道具箱》から出てきたシャーリィは宝箱に布を掛け直し、部屋着から仕事着兼外行き用のワンピースに着替える。

「二人とも、準備は出来ましたか？」

「うん！」

「何時でも行ける」

足首にまで届きかける長い裾の服を着たシャーリィに対し、娘二人の相部屋から出てきたソフィーとティオが着用しているのは、動きやすさを追及した膝下程度の丈のスカートだ。

下手に激しく動けば太腿が露出してしまいそうな服は母親として物申したいが、非常に度し難い事に市井のファッションというものは近年露出傾向にある。

市井に降りてから十年。令嬢らしい露出の少なさを是《ぜ》とするシャーリィからすれば信じられないことに、ギルドでも動きやすさを重視して腹部や太腿を露出する女冒険者は多く、中にはビキニアーマーなる下着同然の格好で往来をうろつく者も居る。

むやみやたらに肌を露出するなどありえないが……周りから見て余りに野暮ったい恰好と愛娘たちが誹《そし》られるのは避けたい。

「ママ、どうしたの？」

「……いいえ、何でもありません」

ウチの娘は何を着ても似合ってるから良いのです！

元令嬢としての貞操観念《ていそうかんねん》と年頃の娘の流行の間に発生するジレンマを、親バカな考え一つで強引に自身に言い聞かせるシャーリィ。

「ところで、本当に付いて来るのですか？」

「ん。宿題だしね」

「周囲の大人の仕事風景に関する作文ですか……確かに一番身近な大人と言われれば私ですが、冒険者は半ば自由業なので時には仕事しているようには見えない時もあるのですけれど」

次の冒険の準備をしようと今日は街を回る予定のシャーリィに、メモ帳とペンを持ってその後を付けるソフィーとティオ。

なんでも、学校の宿題として作文を書いて提出するように言われたらしい。生徒の理解力と表現力、そして読み書きを鍛えるにうってつけの宿題と言えるが、いざ仕事についてくると言われると流石にむず痒いものがある。

「……まぁ、良いでしょう。今日は街の外に出る訳でも無し」

こういう宿題で自分を頼ってくれるのは正直言って嬉しいし、図らずとも娘の休日を共に過ごす事が出来るシャーリィは、内心ちょっと浮かれている。

少し鍛冶屋や道具屋、冒険者ギルドなどを回る程度。もし危険があるとすれば刃物を扱う鍛冶屋だが、それも自分がきちんと監督しておけば、たとえ二人が実際に武器を持って振り回しても怪我をさせることは無い。

「さて、それでは行きますよ。一応仕事なので、くれぐれも他の大人の手を煩わせない様に」

「はーい」

「ん」

元気に頷く愛娘たち。こうして、母娘三人の休日が始まるのだった。


常人の目には剣を一閃したことすら認識できないだろう。

切株の上に置かれた丸太を波状剣《フランベルジュ》で綺麗に縦六分割にすると、軍手をはめたソフィーとティオが薪小屋へと運んで行き、その間に新しい丸太を切株の上に置いて新しい薪を作っていく作業を繰り返す。

昨今の魔道技術の発展により、生活や作業の自動化は辺境の街にまで及んでいる。現にタオレ荘でも風呂やトイレ、厨房の器具は最新の魔道具を取り入れ、冒険者たちの生活を豊かにしているのだ。

そんな中、ドワーフの職人の作業は総じて伝統ある手作業に徹している。彼らの技術の深奥は、機械的な作業ではなく鋼打つ一つ一つの力の入れ方に窯《かま》の絶妙な温度といった、自動化では決して再現できない極限の〝間〟にこそある。

「ディムロスさん、言われた分の薪割りが終わりましたよ」

「おう」

ぶっきらぼうに応じる鍛治場の主。

新しい剣が無いかと、やけに印象に残りやすい顔見知りの客が小さな娘二人を連れて鍛治場に入った時、老練なドワーフは何事かと首を傾げたものだが、事情を聴くと新しい剣の具合を確かめるついでに薪割り作業の手伝いをしてみないかという、粋《いき》な計らいを提示したのだ。

正直、動かぬ的を斬るだけなら剣の扱いそのものの練習にはなりえないが、剣の性質を知るには十分であり、そんな母親の剣技を前にして娘二人は大変満足していた。

「ママ、凄かったね！　こう、剣をヒュッてやったら丸太がパカーンって！」

「ん……！　何をやったのか、正直分からなかった」

興奮冷めやらぬといったソフィーとティオは大人の会話の邪魔はしないと、店に置いてある武器を眺めたり実際に持ってはその重さに振り回されていたりする。

そんな二人を常に視界に収めながら、何が起きてもすぐに対応できる距離でディムロスと会話するシャーリィは、フランベルジュの刀身を片目で見るや否や呟いた。

「これは物を斬るのに向いていませんね。生物の肉を抉るのに特化していると言いますか」

「そう言いながら丸太をスパスパ斬ってた奴が言う言葉じゃねぇが、まぁ確かにそうだな。治せねぇ傷を与えるって意味でも、アンデッドには本来の効果を発揮しねぇ」

その異様極まる刀身は生物の甲殻を裂くには向かず、もとより治癒能力など存在しないアンデッドには〝特殊な傷をつけて治癒能力を阻害する〟というコンセプトを発揮しない。

しかし逆に言えば、それらに当て嵌まらない魔物に対しては非常に有効だ。特に対大型の魔物の戦闘を考慮すれば数日に渡る戦闘は頻繁に起こり得るし、治癒魔術を使う魔物も多い。

そんな怪物どもに癒えない傷をつけるという意味は非常に大きい。傷というのは癒さずに放置すれば毒を発し、やがて壊死や破傷風といった形で冒険者たちの敵を蝕《むしば》むだろう。

振った心地は理解した。なら今度は実戦で使おうと、空想錬金術で生み出したフランベルジュを手元から消したシャーリィを、ディムロスは溜息と共に睨み付けた。

「かーっ！　試し切りにまでんな魔術使いやがって！　せっかく打った剣が泣いてんぞ⁉」

「戦いの度にわざわざ手入れをするのにもお金が掛かるのです。娘の為に使う金銭は出来る限り多い方が良いので」

以前ディムロスは剣の達人であるシャーリィを売り甲斐の無い客と称したことがあるが、その理由は正にこれである。

いったい何処の世界に自分が打った剣を使わず、その剣の疑似複製品で戦う剣士の存在を喜ぶ刀匠が居るというのか。

「コレで魔武器の一つや二つでも買えば可愛げがあるんだが、オメェときたら店に置いてるのに見向きもしねぇ。血脂や骨で切れ味が落ちんのが嫌なら、切れ味が落ちねぇ武器なんぞ幾らでもあんだろ」

「高額な武器をわざわざ買う気もありませんし、たとえ切れ味が落ちなくても私はあらゆる状況に応じて使用する剣の種類を変えていきたいのです」

魔鉱という総称で呼ばれる、魔力を宿す事が出来るレアメタルを永続効果のある付加魔術《エンチャント》と共に鍛え上げた魔術を宿した武器……そのまま略して魔武器はベテランの冒険者の必需品のようなもの。

灼熱の刀身で斬ると同時に肉を焼く剣や貫いた箇所をたちまち凍てつかせる槍。帯電した戦槌に嵐を巻き起こす斧と、特殊な力を宿した魔武器は数多く存在するが、もっともポピュラーなのは切れ味が落ちず、刃毀れもしないという付加魔術が施された武器だ。

いずれにしても材料の希少性や生産における難易度の高さからおいそれと買えないほど高額なものばかりの魔武器だが、状態を維持するという比較的簡単な魔術が施されただけの武器は、他の魔武器と比べて安価である。

《勇者の道具箱》という魔道具があれば、持ち運びに困ることは無く、様々な種類の魔剣を駆使することも容易い。

とは言え。

「使う武器全てを魔武器で統一するなどありえませんし、いくら刃毀れせずに切れ味も落ちないからと言っても手入れが要らないという訳ではないでしょう？　柄を外して掃除したり」

「たりめーよ」

「だからこその空想錬金術です。魔武器の性能を再現できなくても、魔力がある限り剣を生み出せるのなら切れ味が落ちない魔武器と大差ないでしょうし、投げても困りませんから」

そして何より、とシャーリィは続ける。

「魔力で生み出した使い捨てなら手入れをする必要はありませんし、その分娘の為に時間を使えますし」

ディムロスは大きなため息を零した。自分もかなり偏屈な職人であると自認してはいるが、偏屈さ加減なら目の前の女も負けてはいない。

「おー……カッコいい」

「ちょっとティオー!? なんかプルプルいってるんだけどー!?」

幸いというべきか何と言うべきか、彼女の娘は魔武器に興味はあるらしい。

電撃を宿した両手剣を正眼に構えてフラフラと蛇行《だこう》しているティオから逃げ回るソフィーを見かねて、シャーリィは一瞬で間合いを詰めて刀身を鞘に納める。

「いけませんよ。自分の筋力に見合わない重い武器は怪我の元になります。どうしても手に持ってみたいというのなら、軽い武器だけにするように」

「「はーい」」

そう言いながらも見た目のインパクトが強い魔武器……特に大剣などの重量級の武器に目が行っているあたり、作り手としては実に可愛げがある。

この親にしてこの子あり、とはならないようでディムロスは妙な安心感を覚えた。

「さて、話は戻りますが……別に私とて魔武器に興味がない訳でも一切使わない訳でもありません。現に私の〝愛剣〟を含め、所有している魔武器の手入れは全てそちらに任せているではありませんか」

「たりめーよ。あれだけの名剣、ド素人の手入れで間に合うものかよ」

魔剣の類は遺跡探索などで手に入れているらしく、確かに空想錬金術で生み出した剣のみで戦っている訳ではない。

しかし彼女が魔術的効果を宿した剣を使う機会など稀だ。Sランク冒険者が率いるパーティが討伐するような古竜を、何の変哲《へんてつ》もない鋼の剣で一方的に倒してしまう剣士が、その手の内を見せることはそうそうある事ではない。

兎を狩るのに全力を出すのは知性無き獣のすること。冒険者たる者、切り札の増産と秘匿《ひとく》にこそ気を遣うべきなのだ。

「だからってなぁ、ワシが打った剣を使わねぇってのは気に食わねぇ！　いい加減にしねぇと出禁にすっぞ⁉」

「むぅ……それは困ります」

ディムロスは商人である以前に職人だ。見所のある剣士にこそ自らが心血を注いで打った剣を消耗してもらいたいと思うのは当然の事。

「そこまで言うのなら、妥協案として私が頻繁に使うような魔剣を作ってください。そうすれば私も買いますし、手入れにも来ます」

「上等だ。テメェが喉から手が出るほど欲しがる剣を打ってやらぁ」

鍛冶師の血潮が煮えたぎる。ここまで言われて黙っていられない。《白の剣鬼》に相応しい魔剣を一振りでも二振りでも打ってみせる。

「おー……燃えてる」

「いやあああー⁉　何か剣が燃え出したー⁉　ティオ、早くしまってぇ！」

「全く、あの子たちは」

とりあえず、魔武器用の試し切りスペースを作ってからだな。

ディムロスは心に早急案件として今日の出来事を刻み付けた。


冒険者ギルドの酒場を通る時、幾人もがシャーリィたち母娘を見てギョッと目を見開く。

唯一そうならなかったのはタオレ荘に住む冒険者たちだけ。それ以外の者は特徴的な雪のように白い髪と強い共通点を持つ面影が三つ並んでいる光景に、ジョッキを傾け肴《さかな》に伸ばした手が止まる。

『おい、剣鬼って妹がいたのか？』

『いいや、聞いた話だとあれは娘らしい』

『似すぎだろ……見た目はともかく、娘が居てもおかしくない年だけどよ』

一見すると姉妹にも見える彼女たちは視線が集まる中、真っ直ぐにクエストボードに向かう。

軽く視線を受け流すシャーリィとは対照的に、ソフィーとティオは冒険者たちの好奇の視線をくすぐったそうにしながら母の後をしっかりと付いて行った。

「……さっきからジロジロ見られてるね」

「うぅ……ギルドって初めて入るけど、やっぱり子供がいるのは変なのかな？」

実際には何度も冒険者ギルドに入ったことはあるものの、それは物心がつく前の昔の話なので、実質初めて味わうタオレ荘とはまた違ったギルド特有の喧騒とした雰囲気に若干押され気味の二人。

しかしそこは未来の冒険者志望。品定めするような無頼の視線を押しのけて、何でもないと言わんばかりに虚勢を張る。

「お母さん、これ何？」

「クエストボード……冒険者への依頼書を張り出している掲示板なのですが、今日の内に明日の依頼をキープしておこうかと思いまして」

冒険者は依頼を受注し、必ずしも即日出向くという訳ではない。依頼の内容次第では数日準備に費やす事もある為、割の良い依頼をあらかじめキープしておくことは良くある事だ。

先日のドラゴン退治は例外と言ってもいいだろう。バッドボノボの群れを倒す為の物以外、大した準備もせずに竜退治に赴けるのは辺境の街ではシャーリィくらいなものである。

「へぇ……色んな依頼があるんだ。えっと……スライム退治に盗賊団の殲滅。虹色鳥の尾羽の採取なんてのもある」

「ん。ソフィーこれ見て」

他の冒険者の邪魔にならない様に張り出された依頼書に目を通していると、ティオは駆け出し冒険者がよく受ける薬草採取の依頼書を指差した。

「コレならわたしたちでも出来そうな気がしない？」

「そうだね。言われた草を採ってくるだけなら……」

「そんな簡単なものではありませんよ」

シャーリィはピシャリと、双子を諌める。

「少なくとも危険だから冒険者に依頼しているのです。街の外……開拓が進んでいない場所での薬草採取はどのような魔物と遭遇するか分かりませんからね。二人とも、くれぐれも真似してはいけませんよ?」

「だ、大丈夫だって！　ママったら心配性なんだから！」

「……そんな危険な事はしない」

嘘である。実はちょっと真似してみようと考えた。魔物が出る危険が高いと言われれば流石にその気を無くしたが。

そんなどこか微笑ましいやり取りに粗暴な冒険者が野次を飛ばさないのは《白の剣鬼》を恐れてか、はたまた雰囲気に毒気が抜かれたからか、珍しく子連れの冒険者はまるで何事も無いかのようにクエストボードから依頼書を引き剥がす。

「ママ、それってどんな依頼?」

「近隣の牧場に熊が出たらしいので、明日その退治に行こうかと」

日帰りで終わらせられそうと言う理由で選んだ依頼書。実際にはその熊はオーガベアと言う角が生えた魔物だが、シャーリィからすればどちらも大差ない。

明日にでもギルドから騎乗竜《ランギッツ》を借りてサクッと終わらせようと思い、依頼書を受付に座るユミナに手渡すが、彼女は何故か半眼でこちらを睨んでいる。

「牧場に魔物退治……それも明日ですか」

「何か不都合でも？」

「いいえ、別に。冒険者さんが受ける依頼にケチを付けたくありませんから。ただ、もっと報酬の高い依頼があるんだけどなぁって」

ユミナはシャーリィの耳に口を寄せ、そっと呟く。

「実は王都に天災級の魔物……アークデーモンが現れたんですけどね」

「はい」

「……Sランクのパーティが戦ってるみたいなんですけど、これが手古摺《てこず》っているらしくて」

「そうですか」

「…………そこでシャーリィさんには、今から助っ人としてそのパーティに一時加入する形で王都に行ってくれないかなーなんて……」

「お断りします」

何の興味も抱いていないようなにべも無い返事。

「件のパーティも負けたわけでもありませんし、今日は娘の宿題を見ると約束しているので」

「……ですよねー。娘さんたちを連れている時点で何となく察してました」

ガックリと受付嬢は項垂《うなだ》れ、ソフィーとティオは何だかよく分からないが可哀想なものを見るような目を向ける。

ユミナはシャーリィが娘を溺愛していることを知っていたが、物事のあらゆる最優先事項が娘の事と言うのは流石にどうかと思う。

「……あ。二人とも、シャーリィさんの活躍とかに興味は」

「娘から懐柔《かいじゅう》しようとするの止めてもらえませんか？」

痛烈な舌打ちをするユミナ。どうやら支部長からの催促は依然激しいままらしい。

「まぁ、時と場合によってはまたパーティを組んでもいいですけど」

「言質、取りましたよ？」

確証の無い口約束に一縷《いちる》の望みを託すしかない中間管理職は、今日もまた深い溜息を吐いてストレスが暴食に向くことになるのであった。

木剣と木剣、鋼と鋼がぶつかり合う音が響くのに双子が興味を抱いたのは必然だった。

ギルドの敷地内には何もない広場がある。来年には専用の施設が建設されるであろう其処は、冒険者たちの自由なトレーニングスペースであり、冒険に出ていない駆け出しからベテランまで、ほぼ毎日のように賑わいを見せている。

『ぬぅんっ！』

『うわあああっ⁉』

『ちょぉっ⁉　今本気で斬りに来ませんでしたか⁉』

愛娘たちを連れて覗きに行ってみると、訓練所にはアステリオスが率いる新人パーティが実戦形式で鍛錬に励んでいた。

ミノタウロスからすれば手加減された……新入りからすれば本気にしか見えない横薙ぎの一撃がカイルとクードを襲い、二人は命からがらと言った体で這いずり回るように逃げ回る。

「だ、大丈夫なのあれ⁉　斧で思いっきり襲い掛かってるよ⁉」

「問題ないでしょう。彼も殺す気は無いようですし」

「……とてもそうは見えないんだけど」

シャーリィからすれば速さも殺気が伴わない、明らかに加減された一撃だが、それが分からない者からすれば正に殺し合いさながらの迫力に見えることだろう。

そんな偽りの気迫の前に立たされた彼らは、まさに生死を分けた刹那の攻防を体感しているわけだ。

この経験が彼らの死期を延ばすかどうかは定かではないが、それでも彼らなりに得るものがあるのなら、きっと無駄ではないのだろう。

『そこ。足運びがおざなりですぞ』

『ぐえっ⁉』

斥候というにはあまりに余裕のないクードは足払いで軽く転がされ、まるで蛙《かえる》が潰れたような声をあげると同時にズボンがずり下がらない様に抑えていた紐が外れ落ちる。

『アッハハハハハ！　ぐえっだって！　パンツ丸出しだし！　あはははははは！』

「お母さん？　前が見えないんだけど？」

「な、何？　何が起きてるの？」

「見てはいけません」

ここぞとばかりにクードを指差して大笑いするレイア。あまりに見苦しい醜態《しゅうたい》にソフィーとティオの目を覆い隠し、自身も顔を背けた。

『おや、レイア殿は随分余裕そうですな？　折角なので、貴女も参加してみては？』

『え⁉　いや、アタシは弓兵だから前衛の間合いには入らないし』

『はっはっはっ、何を仰る。後衛だからこそ前衛の間合いに入ってしまった時の対処法を学ばなければならないではありませぬか』

訓練所にレイアの悲鳴が追加される。Aランク冒険者によるEランク冒険者たちへの訓練が激しさが最高潮へと達した時、ティオはポツリと呟いた。

「……今気付いたけど、あのミノタウロスの人妻いね。あれだけの速さで斧を振ってても、当てないように加減してる」

「え？　そうなの？」

ソフィーの視線に頷き、無言の答えを返す。

いくら訓練、刃を立てないようにしているとはいえ、重量武器である戦斧の直撃によるダメージは尋常ではない。

当てる気は無いのに当てようとしている様に周囲に思わせる見せ方をティオが短時間で見破ったことに内心鼻が高いシャーリィ。

戦闘という危険な行為に対しての才覚には正直複雑ではあるが。

「おや？　これはこれは、シャーリィ殿ではありませぬか」

「……どうも」

訓練に一段落がついたのか、ぜぇぜぇと息が荒い駆け出したちとは対照的に涼しい顔をしているアステリオスがシャーリィたちに気が付く。

「そちらの愛らしい娘御たちは、貴女のご息女ですかな？」

「えぇ。二人とも、挨拶を」

「は、初めまして！　私、ソフィーです！」

「……わたしはティオ」

視線を合わせる様に膝を地面に付けるアステリオスは穏やかに笑いながらゆっくりと頷く。

「吾輩の名はアステリオス。貴女方の母君とは以前、冒険を共にしたことがあるのですが……それにしても大きくなられましたな」

「え？」

「あの……私たちのこと知ってるんですか？」

「ええ。十年ほど前にシャーリィ殿がギルドにお二方を抱えて来たことが――」

再会……と呼べるほど面識はないが、共通する人物の話に意外と花が咲く。筋骨隆々《きんこつりゅうりゅう》としたミノタウロスと麗しい美少女二人という、なんともミスマッチな光景ではあるが。

「ところでシャーリィ殿。これも良い機会です、一緒に訓練などはいかがですかな？　あの子らも吾輩とばかりでは妙な癖が付きそうですし」

カイルたちはギョッと目を見開き、揃って首を左右に振る。

「いえ、私は――――」

娘と行動しているので、と言う言葉は出て来なかった。

下から視線を感じ、何事かと思って愛娘たちの顔を見ると、何やら期待しているかのように瞳を輝かせている。

シャーリィは仕方ないと言わんばかりに息を吐き、返答の代わりとして両手に剣を出現させた。

訓練である以上手加減はするつもりだが、娘の手前無様な姿を晒すつもりはないし、何より少し良い恰好をしてみたく思う。

この後、若き冒険者たちの絶叫が響き渡ったのだが、そこは敢えて割愛する。


その噂を聞いたのは、新米冒険者たちの悲鳴が青空に響いた後、道具屋などを巡り夕方になって帰ってきた時の事だった。

『おい、聞いたか？　この辺りに見たこともねぇ鳥が飛んでたんだと』

タオレ荘の食堂で、その冒険者は向かい側に座る相棒に興奮気味に詰め寄られ、実に怪訝な表情を浮かべる。

『はぁ？　鳥が何だってんだよ？　んなもんで興奮するか？』

『ちげぇんだって、ただの鳥じゃねぇんだよ！　その鳥は宝石みてぇに闇夜を照らしながら、長い尾羽を靡《なび》かせてたって話だ！』

その情報に冒険者は食いつく。

『おい……夜に発光する羽毛と長い尾羽っていえば……虹色鳥の求愛行動じゃねぇのか⁉』

実はこの二人、ギルドから虹色鳥と呼ばれる光輝く羽毛を持つ珍しい鳥の、名前の由来にもなっている七色の尾羽を採取する依頼を受けているのだが、その肝心の獲物が近くに居ると聞いて浮足立つ。

『こうしちゃいられねぇ！』

『あぁ！　すぐに準備しねぇと！』

慌ただしく立ち上がり、急いで外へと向かう二人の冒険者。その背中をソフィーとティオはしばらく見つめ、互いに顔を見合わせる。

「ねぇ……わたしたちも見に行ってみない？」

「今から？」

虹色鳥が珍しい理由、それは一定のルートを持たない渡り鳥だからだ。止まり木の上で春に求愛を開始する群れは、まるで森に飾られたイルミネーションのように美しく、非常に運が良い時に見られる季節の風物詩として知られている。

「夜の森は危険だってママが言ってたけど」

夜行性の魔物ほど危険な種が多い。たとえ人里近い森の中であっても同じことで、夜の森には近寄らないように言いつけられている。

「……でも気になるよね？」

「ん。これ逃したら次は何時になるか分からないし」

夕食を食べ終わり、母は今タオレ荘の共同浴場に入ったばかり。髪が長い故にいつも三十分以上はかかる入浴時間を利用すれば、こっそり見に行くことは出来る。

それに目当ての森も魔物はおろか野犬ですら滅多にいない、住人が薪の材料の調達やキノコの栽培などに利用しているくらいに踏み荒らされた場所だ。

「行ってみよっか。すぐに戻ればバレないだろうし」

「ん。賛成」

それは、ちょっとした冒険ごっこ。保護者の手から一時的に離れ、ソフィーとティオはお揃いの懐中時計を持って仮部屋の窓から外へと飛び出す。

「何だろ……こう、背筋がぞわぞわする」

緊張と高揚。ただ夜の街に出歩き、森の入り口付近で虹色鳥を探すだけなのだが、幼い冒険者志望の少女たちからすれば紛れもない冒険だ。

「よし、じゃあ早速探してみよう！」

「おー」

幸いにも森は広大で、タオレ荘のすぐ近くにも広がっている。可能な限り危険が無いように森の浅い場所のみを捜索範囲とし、虹色鳥を探す傍らで興味深そうに周囲を眺める。

「何か昼に来るのとは全然違う感じ……真っ暗で先に何も見えない」

設計者の遊び心のせいか、時計盤に小さな魔石を埋め込んだ懐中時計は、《フラッシュ》の魔術と似た光を発しながら少女たちの行く先を照らす。

この森には昼間の内に遊びに行くことが多々あるが、こうして夜に来るのは初めての経験。そうした意味もあって二人だけで来たのだが、普段陽光が差し込む豊かな森も、太陽が隠れれば侵入を拒むかのような闇に閉ざされている。

「足元気を付けないとね」

「ん」

冒険の最中は常に緊張を保つ。図らずともその基本を忠実に守る二人は、不穏な音がすればすぐに戻ろうと考えながら木の上や根元に視線を向けるが、虹色鳥と思われる姿は何処にも確認できなかった。

「これ他の場所にいるのかな……？」

「かもね」

宿を出て既に十五分が経過している。経験則からいって母はまだ風呂から上がっていないだろうが、念のためにそろそろ戻るべきだ。

今回ばかりは仕方ないと落胆しながら帰路につこうとすると、藪《やぶ》から鳥の鳴き声のようなものが聞こえてきた。

「な、何!?」

「……」

思わず肩を跳ねさせて後退《あとずさ》るソフィー。それに対してティオは姉の肩に手を置いて震えを止めると、おもむろに藪を両手でかき分けた。

「ティ、ティオ⁉　危ないって！」

「ん。大丈夫」

暴かれた藪の中を懐中時計が発する光で照らすと、そこには翼に傷を負った、それぞれ青と赤の羽毛を持つ二羽の鳥が鳴き声を上げながらもがいていた。

「これが虹色鳥？」

「ううん、違うと思う」

虹色鳥は頭に大きなトサカをもつ、鶏に似た鳥と聞いたことがあるが、この二羽はそれぞれ鷹や隼《はやぶさ》に似た猛禽類《もうきんるい》で、色もそれぞれ青と赤が主体となっている。唯一共通点を上げるとすれば長い尾羽くらいだろう。

「でも怪我してるみたいだけどどうしよう……？」

「……確か、宿に傷を治すポーションがあったはず」

傷にかければ塞がるというキャッチコピーのあるありふれた霊薬は、種族を問わずに効果を発揮する。見たところ折れている訳ではなく、翼の筋肉が傷ついているだけのようなので効果はあるだろうと、ティオは赤い羽毛を持つ鷹を持ち上げようと手を伸ばすが――

「ピーッ！　ピーッ！」

鳥類特有の鋭い鳴き声と共に翼を広げて威嚇《いかく》する。恐らく捕らえるか攻撃されるかと思っているのだろう、二羽の鳥は互いを庇い合うように牽制《けんせい》するが、ティオは気にせず翼を抑えるようにして鷹を持ち上げた。

「大人しくしてて」

「ピィッ⁉」

「ちょっとティオ⁉　ケガしてるんだから優しく⁉」

「怪我人相手に躊躇ったら余計に傷つけるからってお母さん言ってたし。それより速くしないとお母さん戻ってくるよ？」

それを言われれば逆らえないと、ソフィーは自分たちの威嚇に躊躇《ちゅうちょ》しないティオに呆然としている蒼い羽毛を持つ隼を持ち上げると、揃って宿屋へと戻っていく。

借り部屋の窓の前に鷹と隼を優しく置くと、ティオが窓から中に入ってポーションを二つ持ちだし、それぞれの傷口へと瓶の中身を注ぐ。

ちょっとした傷くらいならすぐに癒えると母が言っていた通り、ゆっくりとだが目に見えて傷が癒え、二羽は翼の調子を取り戻すかのようにその場で何度も羽ばたいた。

「良かった！　もう大丈夫だからね」

「ん。次は怪我しないようにね」

単純に傷が治ってよかったと破顔する二人を見つめる青と赤の猛禽たち。すると彼らは甲高い鳴き声を上げた瞬間、その翼を闇を照らすかのように強く輝かせ、烈風と共に舞い上がった。

「わぷっ⁉」

まさか自分たちでも簡単に抱えられるほどの大きさの鳥が、砂塵《さじん》を巻き上げるほどの風を起こすなど思いもよらず、ソフィーとティオは瞼を強く閉じて風が収まるのを待った。

「ぺっ、ぺっ。砂が口に入っちゃった……あの鳥は？」

「ソフィー、あれ」

ティオが指差した夜空。そこには星や月の光よりもなお強く輝きながら駆ける青と赤の鳥たちの姿。

光の尾を引きながら夜やかな曲線を描くその光景は、まるで流れ星が意思を宿したかのように美しい。

夜天を彩る鷹と隼に見惚れていると、遥か上空からゆっくりと何かが落ちてきた。数は二つ、青と赤に光輝くそれは、紛れもない鳥たちの風切り羽。

まるで吸い寄せられるかのようにソフィーの手の平の上に青い羽が、ティオの手の平の上に赤い羽根が舞い落ちてきて、二人は茫然《ぼうぜん》と呟く。

「結局、何だったのかな？」

「……さぁ？」

その時、廊下に続く扉が音を立てて開かれ、しっとりと髪を濡らしたシャーリィが首を傾げながら入ってくる。

「ソフィー、ティオ。今この部屋で何かがありませんでしたか？　何やら奇妙な魔力を察知したのですが」

「あ、ママ！　ねぇ聞いて！　あのね！」

ほんの小さなで不思議な出来事。しかし、それには確かに冒険者たちが追い求める浪漫があった。

自失から復活してすっかり気分が昂《たかぶ》った双子は、困惑する母に風切り羽を握りしめたまま今起きた出来事を少しだけ誤魔化しながら自慢げに語りながら母娘の休日は過ぎていった。

蒼と紅の瞳を持つ白髪の少女たちと、青と赤の羽を持つ変わった霊鳥。この出会いが意味するところを、彼女たちは知る由もなかった。


平穏無事……とはいかないまでも、シャーリィは戦いを繰り広げながらそれなりにゆっくりとした三週間を過ごしていた。

そんな時、彼女にとって一大イベントとも言うべき行事がソフィーとティオから知らされることとなる。

民間学校の三年間において、たった一度だけ存在する親が子の普段の様子を拝む一日……子供からすれば緊張で集中できなかったりする憂鬱《ゆううつ》な日の名前は、学校曰く授業参観日である。

授業参観の行方と黄金の魔女

シャーリィがその事を知ったのは、用事を終えてタオレ荘に戻り、風呂に上がってから娘の作文を手伝っている時の事。

「ソフィー、この単語の綴《つづ》り間違えていますよ」

「え？　あ、ホントだ」

「ティオは文章がおかしい事になっています。これだと『私は鍛治場で剣になった』と読むことになってしまいますね」

「……難しい。文章ってメンドクサイ」

文明の進歩とともに発展し続ける共通語の習得は容易い事ではない。文法さえ理解し切ればその限りではないが、今まさにそれを会得しようとしている民間学校に通う子供が読み書きを間違えることなど当然の事。

「出来たっ！」

分からない単語は辞書で調べ、文法を教えてもらいながら書き上げた原稿用紙一枚分の作文を先に書き上げたのは、ソフィーだった。

「……うん、よく出来ています。内容を評価するのは教師の仕事なので私から口を挟む事はしませんが、単語や文法は見た限り間違いはありませんね」

「やった！」

「ん……私も出来た」

ソフィーの作文の文字に間違いがないかを点検し終えると、遅れてティオの作文が出来上がる。

「……途中までは問題ありません。ですが結論部分で何故か私が新人冒険者たちをアンデッドにしているのですが？」

「……？　何か変？」

心底不思議そうに首を傾げるティオ。少し訓練に付き合った後、カイル達がゾンビさながらに体を引き摺りながら帰っていったことを思い返せば、この誤解を招く文章も間違いではないのかもしれない。

「個人的には面白い表現ですが、わりと冗談では済まない誤解を生みそうなので添削しておいてください」

「むぅ」

不満気にむくれるが、人為的にアンデッドを作り出すのは法律で禁止されているのでそこは素直に従うティオ。

……ちなみに、民間学校では読み書きの宿題の定番であるこの作文、生徒たちの色々と間違えてた面白文章によって毎度教師の腹筋を破壊しに掛かっていたりするのは完全な余談である。

「二人とも、よく頑張りましたね。実はマーサさんから生菓子のお裾《すそ》分《わ》けを頂きましたので、良ければどうぞ」

「わぁっ！　ありがとう！」

女の子らしく甘い菓子を好むソフィーは手放しで喜び、紙袋に包まれた生菓子をティオと分け合う。穏やかな家族水入らずの時間。美味しそうに甘味を頬張る娘を見て、自分も今度焼いてみようかと考えていると、ソフィーが学校用のカバンを開けた。

「そうだママ。渡し忘れてたんだけど……はい、これ」

「？」

ソフィーが手渡したのは一枚のプリントだ。丁寧に折り畳まれたそれを開いてみると、一行目に『授業参観のお知らせ』と言う文字が大きく書かれてある。

「五日後の授業を親に見てもらう行事なんだって。もしこれそうならあらかじめ参加しますってサイン貰って来て欲しいって先生が」

大まかな内容の下には、切り取り線を挟んで保護者の氏名と住所を記入する欄《らん》があった。

「授業参観……三年に一度……そうですか、こんな行事が王国の学校にはあるのですね」

帝国では馴染みが無かったし、あったとしても冷え切った親子仲だったシャーリィには縁の無いものである。

そんなシャーリィにとって、表立った用事でもない限り学校とは不可侵にして忍び込みたい場所であった。

子供とは些細な理由で他者を虐げる一面を持つ。普段の姿を見たくて学校に忍び込もうとしたことはあるが、もし万が一騒ぎになってしまえば愛娘たちが悪い意味で浮きかねない。

この知らせはまさに天恵《てんけい》と呼ぶに相応しい。これまで自戒してきた行為を、学校公認で認めるのなら大手を振って二人の学校での様子を拝めると言うもの。

「でもクラスの男子とか嫌がってたよね。恥ずかしいとか何とか言って」

「気持ちは分からなくないんだけどね。普段通りに過ごそうとしても、ママに見られながらだと思うと緊張するし」

「それで、お母さんはどうするの？」

「当然、参加させてもらいます」

空中に放たれ、ヒラヒラと舞うプリントの切り取り線を、手元に出現させた短剣で一切のブレなく切断する。

参加証明書には、既に綺麗な文字でシャーリィの名前と住んでいるタオレ荘の住所と借家番号が記されていた。

（そうと決まれば、準備を進めなくては）

地味すぎず、華美過ぎない保護者に相応しい衣服を選ばなければならない。それだけではなく、授業の様子を撮影するフラッシュや音を抑えた最新鋭の映写機もだ。

他の冒険者が見れば目を疑うほどウキウキとした様子で、五日後が楽しみでならない《白の剣鬼》。図らずして訪れた絶好の機会に、シャーリィは人知れず有頂天《うちょうてん》になるのであった。

しかしこの時、辺境の街に居る者は誰一人として気が付かなかった。

欄然と並ぶ爪牙と雄々しき角を持ち、飛行する勢いだけで大気の流れを逆流させる、その群れの存在に。

常人ならば耳にするだけで全身が粟立つ、地鳴りのような唸り声を無数に響かせる、強大な怪物どもに。

王国史上最大の危機と称しても過言ではない、竜の神の首を落とす為の大侵攻に。

大勢の人々が明日も変わらないと信じる日々は、今まさに崩れ去ろうとしていた。


シャーリィのとっての凶報を受けたのは、参観日の日程を聞いた翌日の晩の事。

ユミナを経由して渡された一枚のメモ用紙。そこには嗜好品であるペンと高級なインクによる達筆でこう書かれてあった。

『本日二十二時、ギルドの広場まで来られたし』

そんな簡素な一文の下には、冒険者《ギルド》交叉する剣と杖の印と、暁《あかつき》を眺める少女を象った印が並んでいる。

後者の印を使う人物は、シャーリィが知る中ではただ一人。一瞬無視しようという考えが浮かんだが、そうしたらそうしたで余計に面倒な事になりかねないと腹をくくり、夜分にギルドへ訪れた。

「久しいのぅ、シャーリィ」

昼の喧騒とはかけ離れた静寂に包まれた訓練所に響いた声は、幼さを感じさせながらも老練な口調。

何もない空間に目に見える歪みが生じ、金色に輝く魔力の光を撒き散らしながら現れたのは、十歳前後ほどの年頃に見える世にも美しい少女だった。

足元まで届く金糸を束ねた様な豊かな髪は風に踊り、日の光を浴びたことが無いような白い肌に映える鮮血色の瞳。シャーリィの愛娘にも負けず劣らずの幼い美貌という目立つ外見だが、何より目を引くのは、魔族の証である頭の両側から生えた黒い角だ。

「といっても、最後に会ったのは三月ほど前か……歳を取り過ぎると、逆に時間の流れがゆっくり感じてならんのぅ」

ニィ……と、鋭い犬歯を剥き出しにして笑う少女は、蠱惑的《こわくてき》な肉体とは対照的な〝清〟に属する美貌を持つシャーリィとは真逆に、未成熟でありながら魅力的な幼い肢体と対照的な〝欲〟に属する美しさがあった。

「そんなことを話しに来たわけではないでしょう。要件は何です？　カナリア」

少女のような見た目に惑わされることなかれ。目の前の女は千年以上も昔から世界各地で伝説を残し続けた怪物である。

長命である魔族の半不死者《イモータル》であり、冒険者ギルドの生みの母にして全ての冒険者関連を取り仕切る現ギルドマスター。

世界通貨の実に三十パーセントを掌握する財界の覇者であり、古今において世に混乱をもたらす

《黄金の魔女》の異名を取る世界最強の魔術師である。

「相変わらず話を楽しむことを知らぬ奴じゃ。まぁよい、単刀直入にお主が動かざるを得ない要件を言おう」

いきなり不穏な発言が飛び出し、シャーリィは思わず身構えたが、次の言葉に愕然とすることになる。

「このままでは、お主が楽しみにしておる授業参観が中止となるぞ？」

「…………」

思わず、思考が停止した。

カナリアとは十年来の付き合いだ。他人の前では気取られないように気を遣っているが、自分が親バカであることは既に知られている。

民間学校の行事の知らせをカナリアが告げることは……不思議ではあるが問題ではない。彼女は学校の理事を務めているのだから。

問題なのは……せっかく学校公認で娘の普段の姿を拝めるたった一度の機会である授業参観が中止になるという事。

「…………申し訳ありません。言っている意味が何故かいまいち理解できないのですが？　事の発端から教えてくれませんか？」

これには流石の《白の剣鬼》もしばらく反応できず、俯いて顔を手で覆いながら絞り出すような声で問いかけた。

「ここ最近、ドラゴンが知恵ある魔物の群れを率いている事件が多発しておるのは聞いたじゃろ?」

「はい」

「実はあれらは全て竜王の斥候での。つい昨日発覚したのじゃが、どうやら《西の竜王》を含め、《南東》と《北西》の三頭の竜王が軍を率い、王都に目掛けて侵攻しておる。ぶっちゃけ、王国史上最大の危機じゃな」

ドラゴンの階位で上から二番目に位置する竜王とは、世界の八方向を縄張りとする、強大極まる八頭のドラゴンを意味する。

《北》のジークフリート。

《東北》のファフニール。

《東》のスサノオ。

《南東》のヴァリトラ。

《南》のゲオルギウス。

《西南》のアジダカーハ。

《西》のベオウルフ。

《北西》のニーズヘッグ。

総称、八大竜王。それぞれ方角を異名とする竜の王たちは、一つ下の階位である古竜とは比べ物にならない強さもさることながら、その最大の特徴としてプライドが高い孤高の存在であるドラゴンたちを配下に加える事が出来る力を備えてある。

一体一体が一個師団を壊滅させかねない魔物を率いる魔物と言うのは、極めて厄介だ。人は数と知能、万能性で他の生物を淘汰《とうた》して勢力を伸ばしてきたが、同じように知恵を持ち数を揃え、単体でも強力無比な魔物が群れとして統括され襲い掛かってくる。

これは、人がこれまで培ってきたお株を奪われるという、脅威以外の何物でもなかった。

「狙いは間違いなく王都の地下で引き籠っておるアイオーンじゃな。元々龍神の座を狙ってはいたが、人と寄り添うアイオーンは気性の荒い三頭からすれば我慢ならぬものがあるのじゃろう……よもや共謀《きょうぼう》して襲い掛かろうとするとはのぅ」

「……対策は？」

「無論、既に手は打っておる。王国と、近隣諸国のAランク以上の冒険者は既に集結済みじゃ。……しかし」

カナリアは伏せ目がちに呟く。

「王国上層部はギリギリまでこの事実を民衆に隠すつもりじゃ。竜王の軍勢が三方向から向かってくるなど、混乱しか招かぬからのぅ」

その考えはシャーリィにも理解できた。

天災を超える大天災が迫っているとなれば、まず間違いなく逃げ出そうとするのは情勢に聡《さと》い商人だ。

命あっての物種。逃げ出すことを責めはしないが、物品や食料の売り手を無くし、竜王の群れという災害を前にして王国は間違いなく大混乱に陥る。

その時に発生する損害を鑑みれば、王族貴族の判断は妥当と言えるだろう。たとえ非難を受けるのではないかという疑念があっても、問題にもならない。

「まぁ、妾《わらわ》と冒険者たちが居れば王国民に被害は及ばぬがの。王国全土を対象とした別空間を応用した守り、竜王如きに破れはせぬのじゃ」

領域内に存在する全てを別次元へ転移させ、元々居た次元からの干渉を一切受け付けなくさせる魔女の秘術。

確かに守りは万全だが、だからこそ分からない。そこまで己の術に自信がありながら、なぜこうして警告してきたのか。

「とは言っても王国全土……言い換えれば全ての街や人里に術を施すのには時間が足りなくてのぅ。竜共の侵攻速度や万が一冒険者たちが敗れた時の事を想定し、三日後にはお触れを出して、辺境に住む全ての民をBランク以下の冒険者に妾の守りの内側まで誘導させる手筈《てはず》じゃ」

「三日後……ですって……!?」

授業参観日は四日後。ドラゴンの侵攻と思いっきり被っているではないか。

「その上、竜と戦える者の数が足りなくてのぅ。北西に位置する大教会を擁《よう》する王国聖都、南東に位置する海外との交易の要である海都、そして前者二つと比べれば圧倒的に人口も少ない西の開拓地方面から向かってくる三頭を前にした審議の結果、この辺境の街の住民だけを避難させる事が決定した」

頭の中に残っていた冷静な部分が、致し方ないことだと告げている。しかしそれも、灼熱の炎に似た怒りや極寒の吹雪のような殺意に呑まれて消えた。

「《西》のベオウルフ……そうですか……北西、南東からくる竜王だけなら他の冒険者で間に合ったのに、授業参観を邪魔にしに来た蜥蜴《とかげ》がいるとは」

「いや、別に参観日を邪魔にしに来たわけではないのじゃが」

「結果的にそうなるのなら同じことです」

残虐な修羅の一面が表に現れる。娘を連れて逃げるという選択肢はない。住む場所を追われる苦しみを理解しているシャーリィは、それを娘に味わわせないためにも戦う事を選択した。

「つまり、二方向の侵攻で西まで手が回らない妾たちに代わり、お主がベオウルフを討伐するというのじゃな？」

「ええ。こうなったら一匹たりとも逃がしはしません」

彼女には竜王と、従えられたドラゴンたちの配下である無数の魔物を一体たりとも逃さず皆殺しにする術があることをカナリアは知っている。

しかし、当のシャーリィは竜王の力を見縊《みくび》ってはいない。討伐するのに竜王単体では一日……それが軍勢となれば三日は掛かるだろう。

即日出撃したとしても、授業参観には確実に間に合わない。あぁ、どうしてこうなったのか……それもこれも大事な時期に攻めてきた竜王共の所為《せい》だ。

「……コロス」

シンプルな殺意が口から漏れ出る。もはや憂さ晴らしに《西の竜王》あたりを微塵《みじん》切りにしなければ気が済みそうにない。

「お主が授業参観に出られるよう、取り計らってやろうか？」

そんな時、天啓《てんけい》ならぬ悪魔の囁きがシャーリィの鼓膜を揺らした。

「お主が一日で竜王の群れを退治し、無事に授業参観に出られるよう妾が尽力しようではないか。実に素晴らしい提案とは思わぬか？」

「……その対価は？　一体何を企んでいるのです？」

さも善意に溢れたような笑みを浮かべるカナリアに、シャーリィは露骨に警戒しながら後ずさる。

そもそもこの魔女は何時いかなる時であっても自分本位の混沌を良しとし、大衆の為の理には興味を示さない。

それがさも王国を助ける様に動いているのは不思議ではないが……絶対に何か企んでいそうな違和感が拭えない。

「別に大した対価は求めぬよ。妾自身は守りの為に動けぬが、ドラゴンの群れの討伐を手助けする程度、造作もない故な」

「先に言ってきますが、助力を貰っても返せるものなどあるとは思えませんが？」

その言葉は真実であると、シャーリィは確信する。

カナリアの異名である《黄金》とは、彼女の髪色を指し示すものではない。世界随一と呼ばれる財力と、それに伴う絶大なコネクションからくるものだ。

彼女の手にかかればたとえ死地と分かっていても、何の力も無い一般人が戦場に現れるだろう。

それを呼吸するかのように行うだけの、あらゆる意味での〝力〟をカナリアは持っている。

「妾もこの街を壊されるのは御免被る。故に、お主に求めるのはただ一つ。別に危害を加える訳でもない、誰の目から見ても些細なことじゃ」

「…………」

怪しい。この上なく怪しい。何も知らない者が見れば思わず信用してしまいそうな綺麗な微笑みが、余計に怪しい。

しかも商人でもあるカナリアが、この手の契約を破らない事も確信できるから余計に質が悪い。

しかしこのままでは授業参観に出られないのも事実。だが対価である一夜の間に一体何をやらされるのかと戦々恐々《せんせんきょうきょう》とする自分がいる。

保身を取るか、娘の成長を見届けることを選ぶか、内心頭を抱えながら葛藤の天秤を揺らすこと十秒足らず。

「よろしく……お願いします……っ！」

血を吐くかのような返答。しかし娘に関するイベントに参加できるのなら悔いは無い。

予想通りの展開に、悪名高い《黄金の魔女》は極めて邪悪な笑みを浮かべるのであった。


今は遥か遠い空と地に蠢く知恵ある魔物の大群と、それらを統べる将竜や戦竜、群れの頂点に位置する竜王が辺境の街に向かっている最中、ソフィーとティオは借家の窓から西の方角を眺めながら迎撃に赴いた母を想う。

「ママ……大丈夫かな？」

「ん……きっと大丈夫」

授業参観まで三日を迫った今日、シャーリィは申し訳なさそうな顔で二人の頭を撫でて告げた。

『大きな魔物の群れがこの街に迫ってきています。私が今から迎撃に向かわなくては街に被害が出かねないので、申し訳ありませんが授業参観に出られないかもしれません』

何と戦うのか、それを告げずに母は家を空けた。

学校に来ることをやたらと楽しみにしていたシャーリィが当日居ないかもしれないことを、ソフィーもティオも残念には思わなかった。思わないようにしていた。

母は冒険者。自由であれど、救いの声に応える者。街と、そこに住まう人々を救うために戦いに赴いた母を、娘がどうして責められようか。

（でも、ママはなんだかんだ言っても行事とかに間に合うように帰ってきてたのに）

人は誰しも今までに無い事が起こると不安になる。それがたった一人で自分たちを育ててくれた母の事だとすれば尚更。

「大丈夫」

「ティオ？」

不安を断つように静かに呟いたのは、双子の妹だった。

「お母さんは大丈夫。案外、早くに終わらせてひょっこり帰ってきたりすると思う」

窓の柵を握りしめる妹の手が震えているのを見て、ソフィーはハッとする。

姉の不安を察してあえて強気になっているが、ティオも少なからず不安なのだ。

「……うん、そうだよねっ。いつもより時間が掛かっても、そこはママだし！」

ソフィーも不安を吹き飛ばすように努めて明るく答えた。

……本当は、不安は時が経つにつれて大きくなっている。シャーリィがタオレ荘を出る前、マーサに対して何かを頼んでいたのを二人は見ていた。

――私にもしものことがあれば娘たちを……。

娘の世話をマーサに頼むことはよくあるが、あんな深刻な言い方をされては心配になってしまう。その時は結局盗み聞きしているのがバレて、シャーリィはソフィーとティオの頬を撫でながら明日明後日には帰ると言ってくれた。

だが、こういう時何もできない、させてもらえない子供の自分が少し嫌になる。もしあと五年早く生まれていれば、苦難に向かう母と助けることも出来たかもしれないというのに。

「……ソフィー、寝ないの？」

「ティオこそ……いつもは真っ先に寝るのに」

灯りを消してベッドの中に入っても、やけに目が冴えて眠気が訪れない。代わりに思い浮かぶのは、自分たちを守るために戦場に立っているであろう母の姿。

明日学校なのに。そう思いながらいつもよりもだいぶ遅い時間にようやく眠った二人は、翌日の朝に浅い眠りから覚醒して、大慌てで通学路を走ることになった。

日がな一日竜王と

発達した太く逞《たくま》しい二本の脚が力強く大地を踏みしめ、まるで飛ぶような軽やかさで平野を駆ける。

人に飼育された種類の中では最も数が多い走竜と呼ばれる中型のドラゴンは、その名の通り走る事に長けた騎乗竜《ランギッツ》だ。

騎乗竜の背から降り立ったシャーリィは遥か遠くに見える竜の群れを異能を宿した眼で視認し、恐れを抱かずに堂々と立ち塞がる。

星と月の光で辺りを見渡せるほどの明るい夜。平野に吹く風に靡く長い白髪は華の様に、あるいはそれ自体が一つの星の様に夜闇に映えていた。

「蜥蜴め……この時期に来たことを後悔させてあげましょう」

立ち姿は一輪の華。さりとて在り様は一人の修羅。娘の晴れ姿ならぬ、普段見られない様子を拝謁することを邪魔する竜と魔物の混成軍を、蒼と紅の眼で睨み付ける。

ただ不安なのはカナリアの援護だ。魔術支援や増援等が来ないこと自体は心配していない。性格こそ最悪そのものだと評価しているが、その反面契約や約束事を守る主義でもある。

問題は、どの程度の規模の援護が来るかどうかだ。幾ら最強の魔女と言えども、王国住民全員を救う為の広範囲の空間遮断をしている合間に自ら戦闘の手助けをするとは考えにくい。

(ならばあと考えられるのは増援ですが、それもどの程度現れる事やら)

出撃命令を受けるAランク以上の冒険者は他の場所に回っている。すると残るのは有志で戦場に赴くBランク以下の冒険者となる訳だが、その数は極めて低いものと判断している。

確かにカナリアがその気になれば、戦地に集まる冒険者も多いだろう。しかしそうだとしても、カナリアが相手に付け入る隙が無ければ意味が無い。

カナリアが人を動かす方法は、平たく言えば金の力だ。借金を作った者、命に代えてでも金が必要な者に限られてくる。

金銭面で困っている訳でもなく、自由を愛する者の多いBランクは金だけでは動かないし、Cランク以下が来ても出来るのは精々ドラゴンの配下である魔物の相手ぐらいなもの。

そして何より、授業参観と言う他人からすれば馬鹿げた動機で、他の冒険者から面白く思われていない《白の剣鬼》の勝てる戦い……大抵の冒険者ならば地獄と称して過言ではない場までの援護など、一体誰が赴くというのか。

(精々、配下の魔物を相手取るだけの戦力が集まればギリギリ何とか間に合いそうですが……もし数合わせの一般人が現れるものなら……逆に助けながら戦わなくてはならないのでは?)

自分がもがく様を高みの見物で嘲笑《あざわら》う……そんな動機も十分あり得そうな気がしてきた。

…………いや、カナリアと交わした契約の内容は授業参観に間に合わせること。流石にそれを破る事は無いだろうが、日ごろの言動の所為でいまいち信用し切れない。

「……来ましたか」

一抹の不安を拭いきれないでいると、本来眼で見ることのできない魔力の流れを、シャーリィは二色の眼で捉えた。

グニャリと、虚空が大きく歪む。カナリアの空間魔術だ。こうして現れるとすれば十中八九増援だが、鬼が出るか蛇が出るか。

「…………ぇ」

「なーに鳩が豆鉄砲喰らったみてぇな顔してんだよ？」

空間の歪みから現れたのは、燗然と輝く装備を纏った無数の影。これには流石のシャーリィも驚きを隠せずに呆けた様な顔を浮かべると、先頭に立っていた男は何処が憮然《ぶぜん》とした表情を浮かべる。

その顔と、背負ったバスターソードには見覚えがあった。以前ユミナを口説いていたBランク冒険者だ。

「……いえ、少し……いえ、凄く驚いているのです。増援が来るだろうとは思いましたが、まさかこれだけの量と質で現れるとは思ってもいなかったので」

コレより激戦を繰り広げる剣鬼と轡《くつわ》を並べたのは、辺境の街を拠点とする大勢のBランク冒険者たちと、それに従うCからEランクの冒険者たちだった。その一団の中に、鉱山の時にパーティを組んだ新人三人もいる。

皆一様にその眼に気炎を宿し、獰猛な闘気を発してシャーリィと対面した。しかしそれはあまりにも無謀、蛮勇だ。ベテランの名が泣くというのはこのことだろう。

「どうして来たのです？　カナリアに脅されでもしましたか？」

もしそうならこのまま帰っても良いと、言外に伝える。

「別にギルマスは関係ねぇよ。来るだけで金貨百枚、魔物一匹仕留めりゃ更に二枚追加で、ドラゴン堕とせば百枚だ。こんな旨い話はねぇだろ？」

依頼と報酬があれば戦うのが冒険者だろと言わんばかりに冒険者たちは飄々《ひょうひょう》と答える。ここに居るのは自分たちの意思であると。

若干信じられない光景だ。よもやカナリアが脅すのではなく、真っ当に報酬を用意して冒険者たちを焚きつけたというのか。

「これで功績が認められりゃ、俺たちもAランクどころかSランクになれる可能性だってあるしな」

ニヤリと、一様に笑う彼らを見て思わず首を傾げるが、シャーリィはすぐさま蒼と紅の双眸を研ぎ澄ませ、低い声で警告する。

「……死にますよ？」

その端的な言葉には全てが込められていた。Bランク冒険者ならまだ戦えるだろう。中にはA～Sランク相当の実力者が隠れていることもシャーリィは察しているが、それでもドラゴンは余りに強大。

その上、後ろに居る若き冒険者たちはどうだ？　とても竜を相手取れるとは考えられない。絶対にそうなるとは言わないが、犬死になる未来が訪れるのを幻視せざるを得ないだろう。

命あっての物種。別に参加しなくても街に魔物一匹通さない事も出来るし、死んでは報酬も意味が無いぞと訴えかける。

「だからテメェは分かってねぇんだよ」

「？」

「竜退治なんて活躍、お前にばっかり独り占めさせる訳ねぇだろ」

強要された者も、流されて付いて来た者も居なかった。

死ぬのは怖い。当たり前だ。しかし竜殺し《ドラゴンスレイ》を成さずして、大物喰らい《ジャイアントキリング》を成さずして何が冒険者か。

「……分かりました。そこまで言うのであれば止めはしません」

もう好きにしろと、深い息と共にシャーリィは彼らの説得を諦める。

元より報酬を用意されての依頼ならば、シャーリィに彼らを止める義理も術も存在しない。

どれほど敵が強大であったとしても、想定外の事が起こったとしても、その全てが自己責任となるのが冒険者だ。

「まぁ別に俺らも何の勝ち筋も無く来たわけじゃあねぇ。剣士であるアンタがあれだけの群れを一匹も街に通さねぇって言うんだ」

槍を担いだ男が銅の認識票を揺らし、雲霞の如く蠢くドラゴンの軍勢を見やる。

必然的に大勢の冒険者が固唾《かたず》を呑む。交戦まで幾ばくも無い距離まで、魔物共は間合いを詰めてきていた。

「言質取らなくても確信してらぁ。実在するんだろ？　噂に聞く《白の剣鬼》最大の秘術が」

発達した巨人の如き剛腕が特徴的な《西の竜王》ベオウルフは、類を見ない剛力と引き換えに言語能力と幾何かの理性を失い、狂化された精神の中で、真に討つべき敵を真っ直ぐに見据えていた。

道中阻む人間など、竜王にとっては取るに足らない存在。彼の標的は誇りを失い人に飼われる低竜共と、真実頂点に君臨しながらも人と寄り添う事を選んだ竜の神。

元はニーズヘッグとヴァリトラに唆《そそのか》される形で今回の様な軍勢を構成し、三方向からの襲撃に参加したが、ベオウルフはそれでも構わなかった。

腹が立つアイオーンを討ち、自分が龍神の座に収まる絶好の機会。これを見逃すほど、《西の竜王》は狂っていない。

道中邪魔な人や街を吹き飛ばし、堂々と仇敵《きゅうてき》が眠る王都を凱旋《がいせん》せんが為に突き進む大群は、前方に見える人の一団に目を細めた。

身に纏う武器や防具から察するに冒険者。恐らく町を守るために立ち塞がっているのだろうが、実に愚かなことだ。

数はおろか、総合的な質でも完全に勝る群れを前にして、百にも満たない人数で一体どうしようというのか。

このまま塵芥《じんかい》の如く踏み潰してやろうと一気呵成《いっきかせい》に進軍の勢いを強める軍勢の中にあって、ベオウルフの優れた視力は集団の先頭に立つ白い髪の女を捉えた。

「起きろ……《蒼の国壁《イガリマ》》、《紅の神殿城《シュルシャガナ》》」

眼と同様に研ぎ澄まされた聴覚により、突然女の手元に現れた二振りの剣の銘が聞こえた。

それぞれ蒼と紅、所有者の瞳と同じ色の輝きを放つ直刀だ。蒼の刀身には獣王の意匠を凝らした紋様が、紅の刀身には王鳥の意匠を凝らした紋様が刻まれ、その秘められた魔力を前にベオウルフは一気に警戒の度合いを引き上げる。

「――――《山風に揺れる黄泉路の華・波間に浮かんで消えるは葬送歌》」

澄んだ声が響き、女を中心に大気が渦を巻く。この時、ベオウルフのみならずこの場に居た大勢の人や魔物は、この内陸にあってはならない強い潮風を感じ取った。

「――――《貴方の手は天を裂いて地を砕き・海を巻き上げるは私たち紅蒼《こうそう》の境界線》」

鈴のような清らかな声で紡がれるそれは、唄や祝詞、あるいは嘆きにも似た詠唱。次第に刃が放つ輝きは増していき、夜に塗り潰された平野を鮮烈に染め上げる。

「――――《それでも止まれぬ貴方の手を取った私たちの首・祈りと共に手折るその時を》」

ベオウルフは速度を上げた。この魔術を発動させてはならないと、竜王の戦闘本能が訴えかけたのだ。

しかしそれも遅すぎた。巨人の如き剛拳が女の華奢な体を吹き飛ばそうとした直前、世界は光に呑み込まれ――――世界は一変する。

「――――《貴方の旅が終わるその時まで・私たちは、我が身を以って貴方に捧げます》」

それはまさに神話の再現そのものだった。

詠唱を終えると共に放たれた極光に目が眩む。平衡《へいこう》感覚すら曖昧《あいまい》になる浮遊感を感じ、ゆっくりと目を開くと、そこは夜と昼が入り混じり、見渡す限りの水平線が広がる世界。

竜王の軍勢はベオウルフ、その配下である十頭のドラゴン、さらにその下に付く魔物数百の三つに分断され、それぞれ天空に浮かぶ三つの遺跡島に引き摺り込まれていた。

「ようこそ、私の世界へ。そして授業参観の邪魔をしようとした償いとして……その命の悉く、断ち斬らせてもらいます」

ベオウルフは自分と一対一で相対する白い女を睨み、警戒と共に牙を露わにして唸り声を上げる。

まるで遥か昔に滅んだかのような遺跡群の中、蒼と紅の二振りの直刀を構える剣鬼と、理性を捨て闘争本能を磨き上げた狂戦の竜王は遂に雌雄《しゆう》を決そうとしていた。


ドラゴンは、その膂力と魔力、巨体を維持したまま人の力が及ばぬ場所を自在に駆け巡る事で最強の座を手に入れた種だ。

そんな怪物が竜王を除いても十頭……古竜が居ないとはいえ、厳しい戦いを予期していた冒険者たちだが、その予測を裏切るような信じがたい光景が繰り広げられていた。

異世界が構築され、その中に引き摺り込まれた瞬間、地中を潜行していた竜は弾き出され、空を舞っていた翼竜は叩き落されたのだ。

恐らく、水中に潜む水竜が居ても地上へ引き摺り上げられていただろう。再び地中に潜ろうとしても、その爪は地面に傷をつけることすら叶わず、再び空へ跳び上がろうとしても、浮力を操る翼

は全くその力を発揮しない。

それこそがこの異界の唯一絶対の法。《白の剣鬼》が最も重宝する二本一対の魔剣、イガリマとシュルシャガナ。それぞれ幾つかの能力が付加されているが、その真価は二本を共鳴させることで構築される七つの異界創造魔術――《七天《しちてん》の檻》が一つ、第一世界《風光天園《ふうこうてんえん》》である。

文字通り一時的に異世界を創造し、対象を異世界に閉じ込める大魔術だが、その最大の特徴は異世界ごとに敷かれた絶対的な法則だ。

冠した名の通り世界という檻に閉じ込め、圧制者さながらに術者と、術者が認めた者の土俵を敵対者に押し付ける一方で、相手が自分の土俵を作ろうとする事すら許さない、空間魔術すら遮断する逃亡不可能な独壇場《どくだんじょう》だ。

「話には聞いたことがあるが、あのアマ……単独《ソロ》専門の癖して随分集団戦向きな魔武器持ってんじゃねぇか！」

味方の近接戦闘職には真っ向勝負に相応しい平野を、弓兵や魔術師にはとても登れそうもない高台を、斥候や暗殺者には身を潜める場所を与え、更には地形変化魔術を強化させるが、敵対者であるドラゴンは相手の攻撃が当たらない場所へは行けず、地形変化魔術を使っても効果を発揮させない。

ドラゴンを相手取るのは全てBランク冒険者だが、巨体を蠢く地面に四肢を絡め捕られ、結界術で動きを封じ込められている。

最大の攻撃であるブレスも口から吐くしかないと分かっている冒険者たちは揃って側面から攻撃

し、方向転換すらも阻んでいた。

そしてこれらの力こそが、一介の剣士でしかないシャーリィが数百の魔物の集団を前に、一人で街を守る事が出来ると豪語した根拠である。剣士に限らず、接近戦を得意とする者は得てして一対多に弱い。群れを相手に防衛線に回れば、間合いの外から後ろへ抜かれてしまうが、異界に閉じ込めてしまえばその心配も無くなる。

矮小と決めつけていた人間。竜たちはただ道端を這う蟻《あり》のように踏み潰して通るはずだったが、彼らはとんでもない罠を張っていたと悟った時には既に遅く、反撃を行う事すら困難な泥沼に嵌り込んでいた。

「ねぇ、アタシは正直死闘みたいなのを想像してたんだけど？」

「奇遇だな、俺もだ」

一方、ドラゴンの幕下に付くゴブリンやバッドボノボのような知恵ある魔物が振り分けられた島では、Cランク以下の冒険者が警戒を緩めずに拍子抜けといった風に呟いていた。

そんな無駄口を叩ける彼らに反し、この島に振り分けられた魔物の末路は悲惨の一言に尽きる。

異界に引き摺り込まれて早々、巨大なクレーターの中に押し込められた魔物たちは、周囲に配置されていた冒険者たちの魔術の一声攻撃を浴びて大混乱。

突然知らない場所に放り込まれ、ただでさえ戸惑っている最中にそんな事をされれば幾ら知恵の回る魔物でも、ただの獣に成り下がる。

その上、逃げられない様に結界術で脱出路まで塞がれ、油を撒いて炎の魔術で着火した時、クレーターは地獄の窯と化した。

今では運よく逃げ延びた魔物を追いかけるのみ。怯え弱った魔物を倒すだけで金貨が二枚。実にボロい話である。


戦いが始まり、既に二十時間を超えただろうか。

他の戦場が事を有利に進めている一方、竜王がいる浮遊島は雷が横殴りで降り注ぐ激戦が繰り広げられていた。

階位が下の竜を従える他にも、竜王の大きな特徴の一つに五大属性の一つである雷を操る力を有している。

昨今の魔術の発展により、地水火風を自在に極めつつある人類だが、こと天災の象徴であり神罰の信仰を持つ雷だけは未だに人一人を一撃で殺傷するだけの力も発揮できてはいない。

しかしそれでいてなお、魔術師たちの間では雷属性こそが最強の攻撃魔術であるという声が多いのは、未完成な雷魔術の先にある落雷の威力が知られているからだ。

雷の速さは音の数百倍にも数千倍にも及ぶという。音を完全に置き去りにする速さで生物を炭化させる必中必殺の一撃が完成すれば、地属性魔術と双璧を成す戦略魔術と化すだろう。

「グルォオオオオオオオオオオオオオオオオッ！！！」

「シィッ……！」

そんな落雷に比肩《ひけん》する一撃が雨の如く襲い掛かり、シャーリィは自身に直撃する閃光を蒼と紅の直刀で弾いていく。

本来雷とは生物の肉眼で捉えられるものではないが、シャーリィの〝視る〟異能はその軌跡を捉え、直撃する未来を先取りしていた。

光速すら捉える目と未来視。その二つを合わせるのが《白の剣鬼》の基本的な戦闘スタイルだが、それに対応する武技もまた人外のそれ。

ただ〝視える〟だけの異能と術者の土俵を相手に強要する魔剣。単体で見ればそれほど強力ではないが、シャーリィと言う剣士が手にしたその時、それらは必殺の効果を発揮する。

「そこですっ……！」

「グオオオッ⁉」

雷撃の余波が肌や髪を焼くが、彼女は気にも留めなかった。

白い髪とワンピースの裾が旋風を描き、シャーリィは雷の雨を突破すると、すぐさまイガリマをベオウルフの右目を目掛けて投擲する。

たまらず右腕で弾いたが、一瞬の視界の遮りが命取りと言わんばかりに距離を詰め、空中で蒼の刃を掴み取ったシャーリィは、二振り同時に振り下ろして竜王の顎から胴体までを斬り裂いた。

「グガアアアアアアアアアアアアアッ‼」

迸る絶叫。しかしそれは痛みによるものではなく、怒りによるものだった。

元よりこの竜王は、他の七頭とは異質で知能を捨てた個体。それと引き換えに絶大な筋力と痛みも感じない闘争心を手にしたのだ。

浮遊島が揺れるほどの拳の乱打。掠るだけで肉体をごっそりと削るであろう必殺の一撃一撃を、シャーリィはまるで舞踏を舞うかのように掻い潜る。

肉体の復元に大量のエネルギーを消耗する半不死者《イモータル》であるからこそ、竜王の一撃を受ける訳にはいかない。

ただの一撃が生死を分かつものであるという意識こそがシャーリィを修羅たらしめるのだ。

（先程の一撃、既に再生が始まっている……このペースでは埒《らち》が明きませんね……っ！）

しかし反撃の手を緩めないのが《白の剣鬼》。

Sランクと呼ばれる冒険者であっても無傷では済まない猛攻を前にしても、逆のその両椀に無数の斬痕を刻んでいき、着実にベオウルフの総エネルギー量を減らしていく。

「グォオオオオオオッ!!」

そして埒が明かないと感じたのはベオウルフも同じこと。前面一帯の地表を腕で薙ぎ払う事でシャーリィを跳び上がらせ、間髪入れずに二の拳を放つが、シャーリィは信じられないことに空中で回転することで巨腕の一撃をいなしながら、二本の魔剣で腕を切り刻むことで竜王の顔を目掛けて突き進む。

「ふっ……！」

短く息を吐き、斬輪を中断して弾かれる様に跳びかかったシャーリィは、ベオウルフの右顔面を眼球ごと微塵に斬り裂いた。

「グオオオオっ!?」

「貫った……!」

視界の右側を奪われた《西の竜王》。その隙を逃すはずもなく、《白の剣鬼》は竜の右半身を縦横無尽に斬りつける。

古竜のそれを遥かに凌《しの》ぐ強度を誇る鱗は、空想錬金術で生み出した鋼の剣を上回る切れ味の魔剣二刀を以ってして腱ごと断ち斬っていく。

巨体が力を失った右側へと大きく傾く。ここにきて《西の竜王》は憤激で灼熱するプライドを押しのけてでも認めざるを得なかった。

――この女剣士は竜王の力を越えている。

しかし、力の強弱が必ずしも勝利を分かつとは限らない。ベオウルフは最大規模の一撃を以ってして勝負を仕掛ける。

切り刻まれながらも急所を守り、《西の竜王》は渾身の魔力を解き放った。

それは今いる島のみならず、他の二つの浮遊島をも巻き込む雷撃の空間。剣などでは弾きようの無い広範囲、高密度、高威力の三拍子揃った神速の一撃で勝負を決める。

事実、シャーリィ自身にはコレを止めるだけの力は存在しない。彼女の本質は純粋な剣士であり、近接武器から光線《ビーム》を出して相殺するようなけったいな存在ではないのだ。

「神威《しんい》を呑め、《紅の神殿城》」

そう、シャーリィ〝自身〟にはだ。

解き放たれた圧倒的な破壊を秘めた雷の衝撃波は、シュルシャガナの刀身に全て呑み込まれて、高密度の魔力が生み出す光……読んで字の如く魔力光となって、まるで翼の様にシャーリィの背中から二手に分かれて霧散する。

「生憎ですが、ここは私の土俵です。無差別な飽和攻撃などと言う勝手は認めませんので、悪しからず」

単体で発動できるシュルシャガナの能力……それは、実体を持たないエネルギー攻撃を無尽蔵に吸収し、無害な魔力に変換させて所有者の背中から霧散させること。

この世界、この浮遊島は剣士である彼女の領域であり、紅の直刀はそれを織りなす為の鍵の一つ。《白の剣鬼》との戦いに無粋な飽和攻撃や殲滅魔術など、決して許されはしないのだ。

「さぁ……終わりにしましょう」

渾身の一撃はあえなく打ち破られ、放出の反動を受けたベオウルフの首に剣鬼は迫る。

蒼と紅の軌跡を描く二刀が竜王の脊椎を、その命の脈動ごと断ち斬ったのであった。

「ほぼ丸一日掛かりましたか……流石は竜王と言ったところですね。まさかシュルシャガナの能力まで見せることになるとは」

久々の強敵に賛辞を送りつつも、剣の能力に頼った己の修行不足に軽く溜息を吐くが、その顔はどこか晴れ晴れとしたものだ。

もし、あれだけの増援が現れなければこんなに短時間での討伐とはならなかっただろう。知能ある魔物の援護……それも大群にもなると個体毎の強さを超える厄介さがあるのだ。

たとえ島ごとに隔離しても同じこと。あれだけのドラゴンが集まれば、遠くからの援護も難しい事ではなかっただろう。

しかしそれも仮定の話。しかしどんな因果か、冒険者たちがどんな甘言でカナリアに唆されたのかは分からないが、そうはならなかった。

これで心置きなく授業参観に行けると、この後に起こる出来事を全く予期していないシャーリィは、浮足立つ心を抑えながら軽い足取りで他の島の救援に赴いた。

夜の帳が再び降りる。シャーリィが家を出て丸一日が経過し、いつもよりも明るい雲の無い星と月の空が地上を優しく照らしていた。

ソフィーとティオはタオレ荘の前、日中は行き交う人で賑わい、その分夜になればどこか悲しげなまでに物静かになる歩道で、所在無さげに左右に通じる道の果てをジッと見据えていた。

「……まだかな」

「……ん」

待ち人来たらず。仕事に出掛けて一日以上帰ってこないこともあるにはあったが、だからと言って心配にならないかと言えばそんな訳がない。

怪我をしていないか。病気に罹っていないか。トラブルで動けなくなったりしていないかという不安は一夜日中を超えて溢れかえっていた。親が子を心配するように、子もまた親を心配するのが当然なのだ。

「二人とも、そろそろ中に入りな。春先でも、夜はまだ冷えるんだから」

「うん……でも、あともうちょっとだけ」

「もうちょっと待つ」

扉から顔を出したマーサの言葉にも応えず、再び夜道の先へと視線を向ける二人を見て、宿屋の女将は温めた牛乳が入ったマグカップだけを渡し、何かあったらすぐに声を出すように念を押してから再び宿屋の中へと戻っていった。

月と星の光だけでも、少し遠くにある人影くらいは見える。ポツポツと現れては近づいて来る人影一つ一つに反応しながら、その人影が期待していたものとは違う事を知っては落胆するのを何度も繰り返す。

「「くちゅんっ」」

何時までそうしていただろうか？　温めた牛乳で上がっていた体温は夜風で下げられ、ソフィーとティオは同時に可愛らしいくしゃみをする。

それが聞こえていたのか否か、風邪をひく前に宿の中へと入れようとマーサが扉を開けて外へ出たその時、夜闇の中に映える白を見つけた。

淀みない歩調で、まっすぐこちらへ向かってくる人物の長い白髪であることを察した時、三人の表情に喜色が浮かぶ。よほどの激戦があったのだろう、帰ってくる時には大抵奇麗な状態を保っているワンピースがところどころ黒く焼け焦げ穴が開いており、露出した眩いばかりに白い肌には煤が付いている。

それでも、無事だ。五体満足、何時もの通り姿勢よく歩く姿を見みて、ソフィーとティオの胸中を覆っていた暗雲は嵐に吹き飛ばされたかのように霧散していく。

白い人影もこちらの姿に気付き、目の前まで歩み寄って僅かに、それでも普段無表情な彼女に出来る限り柔らかく温かい微笑みを浮かべて、いつもタオレ荘に返ってきた時のように告げた。

「ただいま戻りました」

どこか固い言い方。だがそんないつも通りな彼女の姿が拍子抜けするほどおかしくて、白髪の二子は笑いながら帰した。

「おかえり、ママ！」

「おかえり、お母さん」

エピローグ

「それで、何か言い残すことはありますか？」

「ちょっ⁉　これは流石に洒落にならんのじゃが⁉」

幼くも妖艶《ようえん》でミステリアスな雰囲気が台無しになるとは正にこの事。

竜王討伐を終えた二日後、シャーリィはとある事の顛末を知り、すぐさまギルドへ強行。逃げ出そうとしていたカナリアは縛り上げられ、木の枝から逆さ吊りにした状態。その下にグラグラと音を立てる煮え湯で満たされた、災害時用の巨大鍋を設置していた。

「あっつぁっ⁉　もうちょっと縄を短くできぬのか⁉　湯気だけで熱いんじゃが⁉」

「別にこの程度で死にはしないでしょう？　娘たちに何をさせる気ですか……！」

「やめて！　剣先でツンツンしないで！」

手に持つイガリマとシュルシャガナの刃先で縄を突いたり、刃をトントンと当てたりして怒りを露わにするシャーリィ。

ちなみに、カナリアお得意の空間魔術で逃げようとしても無駄である。魔術発動の際に生じる魔力の流れを異能で見極め、断ち斬られてしまうからだ。

事の顛末とは、端的に言えばこうである。

『初めましてと言うべきかの？　妾は冒険者ギルドの代表にして民間学校の理事をしているカナリアじゃ』

『あ、そうなんですか？　母がいつもお世話になっています』

『よいよい。それよりもお主ら、街に迫ってきているドラゴンの群れが討伐されたことは聞いておるかの？』

『ん。お母さんが凄く活躍してたって……！』

『うむ。実はお主らの母と戦った冒険者を労《ねぎら》う宴を催そうと思うのじゃが、ある事情で人手が足りず、旧知のマーサに手伝ってもらうためにタオレ荘で行おうと思うのじゃが、お主ら給仕のバイトをしてみぬか？　駄賃は弾むぞ？』

母を労う意味でも双子はこれを了承。後になってシャーリィがその事を知り、今に至る。

「さぁ、答えなさい。まさかいかがわしい接待をさせる気じゃないでしょうね……？」

いっそのこと、このまま煮え湯の中に沈めてしまいたいところだが、カナリアの助力で授業参観に出られるのだから弁解の余地を与えることにした。

「別にとって食う気も無いし、マーサの下で給料付きで給仕をしてもらうだけなのじゃ！　場所がタオレ荘になったのも人手が足りなかったのも本当じゃ！」

怪しい。しかしマーサの名前まで出されると信頼度が増すのも事実。とりあえず後で確認すると心の中で決め、この場では納得しておく。

「それでじゃ。肝心の契約の方なのじゃが」

「あぁ、結局何がして欲しいのですか？」

「うむ。実は妾は新しく王都で新しく喫茶店を開くことにしたのじゃが、そのウェイトレス服のモデルになって欲しくてのぅ……お主の娘らと一緒に。二人については給仕の際の服装という事で。あ、色んな奴に感想が聞きたいから宴には強制参加じゃぞ？」

シャーリィは警戒度を跳ね上げる。一体どういうつもりか、もしや服に何らかの魔術を仕掛けてよからぬことを企む気か。

明らかに警戒心丸出しの視線を受けて、カナリアは陸に揚げられたエビのようにビッタビッタとのたうち回りながら喚いた。

「そこまで疑うのなら着替える前に異能でも魔術でも何度も使って徹底的に調べればいいのじゃ！疑わしいだけでは契約違反の理由にはならぬぞ⁉」

「まぁ……改めて事の顛末を話した上で、娘たちが納得した上でなら私も認めましょう。……子供相手に保護者に無断で給仕させようとするのは納得いきませんが」

「そうじゃろう、そうじゃろう！　さぁ、分かったならこの縄を解いて――――」

この時、バキリという不吉な音を立てて枝が折れた。元々枯れていたこともあって、暴れるカナリアに耐えきれなかったらしい。

「「あ」」

間の抜けた声が二重で響く。

ドボーンッ！　という音と共に世界経済に覇を唱える《黄金の魔女》は熱い飛沫《ひまつ》を豪快に巻き散

らすこととなった。

ゴホンッ！　と、火傷一つ残さず肉体を復元させたカナリアは、ジョッキを片手に今か今かと待ちわびる冒険者たちを前に、空中に浮遊して音頭の合図を取る。

「皆の者！　良くぞ竜王の軍勢を退けてくれた！　これは妾からのささやかな祝い……今宵は思う存分に飲んで喰らって歌うが良い!!」

勢い良くジョッキを冒険者たちに突き付け、宴は始まる。

「お主らの勲《いさおし》に！　先陣を切った《白の剣鬼》に！　これからの冒険に！　乾杯じゃあぁあっ!!」

『『乾杯《プロジット》ォォォォオオオオオッ！！！！』』

残る二方向から襲来《しゅうらい》する竜王の群れは、英雄超人の集まりである冒険者たちによって見事撃退される。

その知らせを受けた辺境の街の冒険者たちは、他の地よりも一足早い宴をタオレ荘の食堂を貸し切って開いていた。

異界を創造するという規格外の大魔術により思いの外犠牲者は少なかったが、居なかった訳ではない。

軽傷で済んだからこそ宴に出席する者も居れば、重症で今なお意識が戻らぬ者も、戦いの果てに鬼籍《きせき》に入った者も居る。

だからこそ、冒険者は祝うのだ。騒がしい祭囃子《まつりばやし》が眠れる輩《ともがら》を目覚めさせるものだと信じて。

だからこそ、冒険者は歌うのだ。合わせる気の無い合唱が、天の女神の元へ召された同朋に勝利の勝鬨《かちどき》となって伝わると信じて。

「さぁ、宴には酌《しゃく》をしてくれる麗しい娘が必要不可欠と言うもの。今日の日の為、妾はあのガードの硬い連中に給仕をやらせるよう取り計らったのじゃ！」

最初の一杯目を乾杯と同時に飲み干した冒険者たちの前に現れたのは、天使や妖精を思わせる幼くも麗しい双子の姉妹。

膝上程の丈しかないエプロンドレスには袖が無く、背伸びをさせるヒールとしなやかな四肢を包むニーソックスにロンググローブと言う、少々派手なデザインのウェイトレス服で現れたのは、《白の剣鬼》の掌中の珠であるソフィーとティオの二人である。

……なのだが、その表情は接客業には向かないゲンナリとしたものだった。

「って、この格好は何⁉」

「普通にエプロン着て手伝うだけだと思ってたんだけど？」

宿の手伝いと聞いてただ頭巾を被って給仕するだけかと思いきや、突然現れたカナリアに一瞬で着替えさせられた。そんな困惑気味の二人を眺めながら、カナリアは自慢げに語り出す。

「ふっふっふ。今王都では料理や茶などよりも、そこで働く美男ないし美少女の店員を目的として来店する者が増えておる。その魅力を引き出す為にデザインさせたのじゃ」

この普段着と比べて露出が高めのウェイトレス服に着替えた二人を見た時、猛然《もうぜん》と反対したのはシャーリィである。

こんな肌を晒すいやらしい恰好で公衆の面前に出すわけにはいかないと、カナリアを殺す勢いで剣を抜いていたのだが、当の本人たちの鶴の一声でそのまま食堂へ来ることとなった。

「まぁ、ちょっと着慣れない感じの服だけど、これはこれで可愛いよね！」

「ん。何時ものスカートと比べても動きやすいし」

「いや、中が見えちゃうからあまり動き過ぎないようにね？」

余り流行のお洒落をさせてやれなかった負い目もあったのだろう、当の本人たちが意外に乗る気で反対しきれなかった親バカである。

『やべぇ……ガキに興味なんざ無かったはずなのに……！』

『妹と同い年って聞いたんだけど……変な趣味に目覚めそう……』

『膝の上に乗せて頭撫でたいわぁ』

『お家の住所を教えてくれたらオジサンがお小遣いを上げよう』

一方、そんな双子の心境などいざ知らず、可愛らしく着飾った美幼女たちに骨抜きになる冒険者たち。

思わず女の趣味を変えられてアブノーマルな性癖に目覚めたり、素直に称賛したりと好評である。

……ちなみに、最後の台詞を宣《のたま》った冒険者が四方八方から殴る蹴るの暴行を受けているのはどうでもいい話だ。

「というか、シャーリィは何処に行ったのじゃ？　あ奴は今回の宴の主役だというのに」

今回の一戦において、敵の首魁《しゅかい》三頭の内の一頭を討伐したシャーリィは、今回の宴の主賓《しゅひん》といっても良い。そのシャーリィの到着を待たずに乾杯したが、何時まで経っても来ないのも問題がある。

一様に首を傾げる彼らを代表するように、カナリアは入り口を潜ってすぐに右へ曲がると、何やら揉めるような声が聞こえてきた。

『ほら、主役なんだから何時までもモタついてないでないでとっとと行きな！』

『お、押さないでください、マーサさん……！　幾らなんでも、このような格好で人前に出るなど、一生の恥です……！』

『大丈夫！　似合ってるからさ！』

『そ、そういう問題では……！』

『何をやっとるんじゃお主ら』

『あぁ、カナリアさん！　実は着替えたのは良いけど、この子ときたら人前に出るのを恥ずかしがっちゃって』

『ええい、まどろっこしい。いいから早く来るのじゃ！』

『ちょっ――――!?』

カナリアの転移魔術を対処する余裕もなく、突然食堂へ放り込まれたシャーリィの姿を見て、その場にいた者全てが瞠目する。

「や……!?　み、見ないで……ください……！」

原型はソフィーとティオが来ているウェイトレス服と同じものなのだろう。しかしスカートの丈は娘の物よりも短く、下着が見えてしまうのではないかと疑ってしまうほど。

露出された悩ましい太腿はガーターベルトによって強調され、くびれた腰回りの部分は白い肌と小さな臍《へそ》を露出。

そして何より目を引くのは、溢れんばかりに強調された谷間が露出した豊かな胸元だろう。少し身動ぎするだけで蠱惑的に揺れる偉大な山脈は男女問わず、様々な理由で目を引き付けられる。

「マ、ママ……⁉」

「……どうしたの、その格好」

右手でスカートを下に向かって引っ張り、左手で胸の谷間を隠しながら縮こまって白い肌を真っ赤に染める母を見て、娘二人は普段とは正反対の姿をした母に唖然《あぜん》とする。

「ち、違うのです……！　これはその……こういう服だとは思わなくて……あの……えっと……！」

普段の不愛想で毅然とした態度は何処へやら。娘からも白い眼で見られていると思い込んだシャーリィは、しどろもどろになりながら必死に弁明しようとする。

始めは露出が少ない実用性のある服装を想像していたのだが、用意されたのは露出過多なカスタムウェイトレス服。

公衆の面前での過度な露出ははしたないものであるという価値観を持つ彼女からすれば、今この服を着ている自分が恥ずかしくて仕方がないのだ。

『な、何だ？　この胸の高鳴りはよ……！』

『お、落ち着け！　相手はあの不愛想で有名な剣鬼だぞ⁉』

『子持ちで三十路だぞ⁉』

『でもアイツ半不死者《イモータル》で見た目十代だし、娘二人も超可愛いし』

普段の澄まし顔や不愛想な態度とは全く違う、恥ずかしがって薄っすらと涙すら浮かべるその仕草は同性すらも魅了し始め、食堂には不穏な空気すら流れ始める。

「おやおや、どうしたのじゃ？　そんな所で縮こまって？　お主は宴の主役なのじゃから、もっとその大きな胸を張ると良い」

「くっ……！　この……！」

仕返しか。木に吊るして熱湯に沈めた仕返しなのかと、ニヤニヤと嘲笑うカナリアを涙目で睨むシャーリィ。

「それにしても、新店のサービスにはもう一押し欲しいのぅ。そうじゃお主ら、客の膝の上に座って食事を食べさせるサービスをしてくれぬか？」

「えぇっ⁉」

ガタタッ！　と、男共が一斉に腰を浮かせる。

「新店だからこそ他の店にはないサービスのアイディアが欲しくてのぉ。実際に見てみればイメージがつかめるのじゃが」

「それは良い！　ほら、俺の膝の上に座りなぁ！」

「いいねぇ！　その次俺な！」

「馬鹿言え、俺が先だ！」

すでに酒に酔った大勢の冒険者の悪ノリが後押しし、カナリアの提案を蹴れば盛り上がっている空気が冷めるみたいな雰囲気が発生し、母娘は思わず後退った。

「っ⁉　～～～～っ‼」

「きゅ、給仕のお手伝いだけだよね⁉　なんかちょっとイケないお店みたいになってない⁉」

「……流石にそれは恥ずかしいかも」

カナリアの突拍子もない発案にシャーリィは顔を更に赤く染めながらブンブンと顔を左右に振り、ソフィーとティオも難色を示す。

甘ったるい恋人同士でもあるまいし、普通の女性ですら恥ずかしい事を親しくも無い相手にやれなどと、シャーリィにはハードルが高すぎたのだ。

「ふはははははは！　抵抗は無駄じゃ！　今宵のお主らの人権は妾が買い取った！　我先にと思った者は名乗りを上げよ！　この母娘に好きなご奉仕をさせるが良いわぁっ！」

よく見れば、カナリアの周りには空になった酒瓶が何本も転がっている。酔った勢いのままに紡がれる最低なセリフに冒険者たち（主に男）が挙手しようとした瞬間、カナリアの肩を何者かが叩いた。

「えぇい、何じゃ⁉　今は良いところ――――」

「随分楽しそうね、お婆ちゃん？」

満面の笑顔なのに目は一切笑っていないユミナを見て、最強の魔術師である《黄金の魔女》は酔いが吹き飛び、顔は真っ青な恐怖に染まる。

「バ、バカな……⁉　き、貴様は今ギルドに缶詰め状態のはず……⁉」

「えぇ、どこかの誰かさんが何の前触れもなくBランク以下の冒険者さんたちを動かしたしわ寄せが全部事務員にきた所為で支部長の薄い髪がごっそり抜けたのは非常に爽快……じゃなくて、すっごく大変でしたけど、何とか終わらせてこっちに来ました。それはそうと、ちょっとこっちに」

「ぬわっ⁉　は、離せ！」

お婆ちゃんという呼び名から察せられるように、ユミナはカナリアの血族だ。

見た目が幼くても実年齢は千歳以上、子供も居れば孫も居る。もはや遠い先祖と言ってもいい魔女の頭の両側に生えている黒い角を鷲掴《わしづか》みにして持ち上げると、受付嬢は廊下の方へと消えた。

『や、止めるのじゃ！　な、何をする気なのじゃ⁉　さてはお主、妾に乱暴をする気じゃな⁉　エロ小せ……あっ⁉』

カラン。カラカラカラ……。

乾いた音を立てて食堂に転がってきたのは、無残に折られた黒い角。

子孫に連れ去られた最強の魔女の身に一体何が起こったのか、それを知る者は誰も居なかった。


それはさておき、宴は恙無《つつがな》く続いていた。

ドワーフの戦士や巨漢の戦士と飲み比べをして同時に倒れるクードとレイア。

酔い潰れた二人を隅に寄せ、タオレ荘の経営者夫婦の作る料理を忙しなく運ぶソフィーとティオ。

そんな双子を事ある毎に呼び寄せてはだらしなく鼻の下を伸ばす新生の変質者に殺気を飛ばすシャーリィ。

娘へのセクハラ防止に大忙しのシャーリィに酌をさせて満足気なバスターソードを背負うBランク冒険者を始めとする男たち。

大勢の冒険者に加え、ソフィーやティオに酌をされるが、酒は苦手だからジュースを所望すると一斉にブーイングが巻き起こってタジタジになるシャーリィ。

そんな彼女をチラチラと見ながら酒精以外の理由で顔を赤く染めるカイル。

食堂の隅に置かれた見覚えのある黒い角が突き出ているゴミ袋に関しては……ユミナが怖いので誰も口に出さなかった。

「ふぅ……」

宴も終焉《しゅうえん》に近づき、ようやく一息付けたシャーリィは食堂全体を見渡せる壁際にもたれ掛かる。

今回の戦いで得た物は大量の金貨。功績に対する称賛はどうでもいいと思っていたので宴など初めて参加したのだが、思った以上に色々と疲れた。

格好に関しては途中からもうヤケクソになっていて気にならなくなってきたが、もう二度と着ないと心に固く誓う。

だってこんな露出が多い服、自分の性に合わないし……と、他人の評価も知らずに。

「お疲れ様です、シャーリィさん」

そんな時、あのまま宴に参加したユミナがワイングラス片手に、シャーリィの隣で同じように壁にもたれ掛かる。

「ごめんなさい、お婆ちゃんが随分目茶苦茶したみたいで」

「いえ……結果的にはこちらの望みも叶いましたから。……ですが」

シャーリィは自分の姿を見てから重い溜息を吐き、痛そうに額を片手で抑える。

「こんな年甲斐もない露出過多な服装で人前に出る羽目になるとは思いませんでしたが……！」

「それは……本当に、申し訳ないです。でも本当に似合ってますよ？」

「年齢的にキツいのですが……！」

シャーリィの感性からすれば存在すること自体あり得ないが、こういうフリフリした露出のある服は、もっと年若い女性が着る服だ。

契約は契約なので守ったが、少なくとも三十路の中年が着たところで「無理するな」といったところ。外見年齢の若さなど、この際関係が無い。

「カナリアの言う事ですから、何かあるとは思ってましたけど」

「うぅん、他の冒険者さんからすれば良くやったといったところなんでしょうけどね」

ふと、会話が途切れる。気まずさからではない、突如訪れる空白を喧騒が埋めていた。

「……少し気になったのですが」

二人の間に広がっていた静寂を最初に破ったのは、意外な事にシャーリィだった。

「なぜ彼らは竜の群れとの戦いに赴いたのでしょうか？　幾ら大金が貰えるからと言って、憶測推測だらけの勝算で戦場に来るとは思えないのですが」

宴の最中にそれとなく聞いてみたが、皆口々に大金の為だとか、普段済まし顔のシャーリィに酌をさせるためだとか、どうにも本音の部分を隠しているような気がしてならない。

一番あり得そうなのは竜退治の栄誉を手にするという動機だが、それでも何故かしっくりこない様子のシャーリィに、ユミナは苦笑いと共に答える。

「あぁ、それはきっと……皆さんは貴女と一緒に戦ってみたかっただけなんだと思います」

その言葉を、シャーリィはただただ呆然と受け止めた。

「どういう事です？　私は他の冒険者からの評判は悪いと思っていたのですが」

「そうですね。シャーリィさん何時も不愛想ですし、十年前の登録時に色々やらかしたらしいですし」

シャーリィは十年前の日に思い返す。ギルドに冒険者として登録しに来たあの日、当時マーサとも交流が浅かった彼女はまだ赤子だった二人の娘を預けるあてが無く、仕方なしに二人を抱えたままギルドへ行ったが、登録がしたいと言った時、ギルドは粗野な笑いに包まれた。

冒険者の扉は男女問わず開かれると言っても、当時の街のギルドは男女比が九：一と偏りが激しく、女子供が戦いに出ると聞いて冗談と受け取る者も少なくなかった。それが子供を背負っていたとなれば尚更。

『ここは女が来るところじゃねぇぞ！』

『お家に帰ってベイビーにミルクでもやってな！』

『何なら今晩俺たちの相手をしてくれよ！』

聞くに堪えない野次が飛び、アステリオス含む幾人かが諫めようとしたその前に、彼女は腰に差していた二振りの剣、その鞘を手に取り、鋭い眼差しで彼らに告げた。

『文句があるならこれで決着をつけましょう。私が勝てば今後一切私の邪魔をしない様に』

結果を言えば、文句のある者、剣を置いて鞘で挑んだことを挑発と受け取った者、邪《よこしま》な眼差しで挑んだ者全てが叩き潰された。

「……まぁ、我ながら第一印象は最悪だったと自覚していますが」

「そうですよね。無事に登録できたこと自体が不思議なくらい」

それでも……と、ユミナは満腹になって尚騒ぐ冒険者たちを見ながら告げる。

「協調性がない訳でもありませんし、貴女の強さは誰もが認めるところ……《白の剣鬼》の異名がその証じゃないですか。損得や浪漫、色んな理由はあると思いますけど、そんな凄い冒険者と肩を並べて戦ってみたいっていう人は多いんですよ？　実際、私もよくシャーリィさんからのパーティ要請は無いのかって聞かれますし」

素直じゃない人が多いから本人前にして口にはしないんでしょうけど。

そう言って、ユミナは空になったグラスを持ってシャーリィに背を向ける。

「それじゃあ、私はこの辺でお暇《いとま》させてもらいますね。明日も仕事ですから」

颯爽と去っていく受付嬢を見届け、シャーリィはぼんやりと娘と戯《たわむ》れる冒険者を見た。

娘以外に関心が無かった。そんな女が他者から関心を持たれるはずが無いと、そう思い込んでいた。もし関心を持つ者がいたとしても、それは邪な感情を持って近づいてくるかもしれないから、娘を守るという意識が強すぎて寄せ付けようとしなかった。

「ようやく鬼が去ったか……イテテ、あ奴め……容赦なさ過ぎじゃろ」

これまで関心を持たなかった冒険者たちの事を考えていると、ゴミ袋から出てきたカナリアが折れた角を接着剤で治しながら近寄ってきた。

「で？　お主は何をぼうっと見ておる？」

「カナリア……最初から疑問に思っていたことがあるのですが」

「何じゃ？」

「何故今回、授業参観を延期ではなく、増援という形で私の望みを叶えたのです？」

学校理事であり、運営支援を一手に引き受けるカナリアなら延期も可能だったはずだ。むしろそうした方が、余計な出費を抑えられたはずなのに、そうしなかったのは何故なのか？

合理では動かず、己の快楽と愉悦《ゆえつ》の為に動く魔性の存在ではあるが、大局を動かすのに無意味な行動をしないのがカナリアという魔女。

大義にせよ、些細な理由にせよ、人が足掻く様を見て笑うような理由ではなく、何らかの意図があるのではないかと、彼女の子孫の話を聞いて何となくそう思ってしまった。

「別に大層な理由などありはせぬ。単なる感傷じゃ。……お主ならば、妾が見れなかった光景を見る事が出来るのではないか……そんな勝手な期待を押し付けただけの……何時もの我が儘じゃな」

ニヤリと、魔女は嗤う。

「じゃがこのままでは破綻する……そう思ったからこそ、妾が割り込んだ」

「……理由を聞いても？」

「じゃってお主、娘御らを無事育て終えたら虚《うつ》ろになりそうじゃったし」

それは、紛れもない事実だった。

その日その日、娘の将来だけが心配で、娘だけを生き甲斐にして自分の事など一切顧みなかったシャーリィ。

このままソフィーとティオが無事に独り立ちし、共に歩む何者かが現れれば、きっと自分は抜け殻のような存在になっていただろう。

「だがそれではいかぬ。その様な空虚な修羅道、全く面白味がない」

「他人の人生まで自分の意に沿うように……ですか。相変わらずですね」

「無論じゃ。妾は《黄金の魔女》……万象一切を思うがままにせねば気が済まぬ」

この魔女は昔からそうだった。やることなすこと自分本位で、周囲に多大な迷惑をかけておきながら、何故か大抵の事を上手く運んだり、下らないことで痛い目を見たりと、まるで運の女神にでも愛されているかのような出鱈目《でたらめ》な存在だった。

「故に、まずは冒険を楽しめよ、小娘。たった一人ではなく、仲間との冒険こそが我らの醍醐味《だいごみ》なのじゃからな。そして何時か、自分の新しい生き甲斐を見つけるが良い。己を幸せに出来ぬ者に、我が子を幸福へ導くことなど出来ぬのじゃからな」

「……カナリア……」

「まぁ？　一番の理由は新店とお主の恥辱に耐える姿を嘲笑う為なのじゃがな！　ぬはははははははっ!!」

「私の感動を返してください」

なんか、もう、色々台無しである。

（しかし……そうですね。冒険者とは、そういう者でしたね）

かつて、か弱い令嬢であった頃の時を思い出す。

権謀術数と愛憎に溢れた社交の末に、冤罪《えんざい》と裏切り、不実と不義をまざまざと見せつけられたあの日から、腹の底では何を考えているのか分からない他人を信じることを嫌っていた。

しかしそうした腹黒い貴族社会とは正反対に報酬と浪漫、未知と勲さえあれば全て良しと言える粗暴で適当な冒険者の相手は、極めて気楽であると気づかされる。

「ママー！　マーサさんが記念撮影しようだってー！」

「お母さん、早く」

「ええ、今行きます」

喧騒の中心へと足を踏み出す。

もちろん、全ての冒険者が裏表のない存在だとは思わないし、これからも猜疑心は拭えないだろうが、報酬と浪漫があるのなら信用してもいいかもしれない。

これからも万事何事においても娘を優先することは変わらないし、何があっても変えられないが……もし、冒険と戦いの末に、こんな陽気な喧騒と楽しそうに自分の手を引く愛娘たちが居てくれるのなら。

――冒険者業も、苦にはなりませんね。

冒険者たちは瞠目し、そして顔を見合わせて豪快に笑う。

毅然として不愛想、鉄面皮にして睨むような二色の眼が特徴の剣鬼は、誰の目から見ても分かるほどに笑った。

「では着替えてきますので、少し待って貰っても」

「「……ダメ」」

「……何故ですか」

良い笑顔で記念だと言って真ん中に座らせた二人を前に、シャーリィは真っ赤な顔で映写機のレンズを見るしかなかった。

大陸随一を謳《うた》う国土を誇る帝国、その権威を誇るかのような豪奢な巨城は、内面もまた洗練された造りとなっている。

色合いから壁に掘られた彫刻まで、豪華絢爛《ごうかけんらん》でありながら品を損なわない、名匠が手掛けたと一目でわかる立派な城だ。

ただし、それは城だけを見た場合に限る。基礎である城を彩る絵画や壷は高級品ばかりを調和も考えずに配置され、庭園に咲く草花もまた同じ……本来なら皇帝の居城に相応しい色とりどりの花が咲いているはずだが、ここにあるのは全て真っ赤な花。

実はつい先週までは、この庭園は黄色い花とピンク色の花……いずれも栽培数が少ない高級花で覆いつくされていた。

しかしまだ枯れるには早い、むしろ咲き盛りの花は全て引き抜かれ、代わりに植えられたのがこの赤い花……最近公国から買い占めた高級花である。

シーズンにもよるが、この庭園の主によって数週間、酷い時は三日で高級花を高級花に植え替えられるといえば、その散財ぶりが理解できるだろう。

しかもその理由が外交相手の好きな花に植え替えられているという訳でもなく、単に飽きたから、気に入った花を見つけたからと、自分本位極まりないもの。

この城に住まうものは実に豊かな財を持っているのだろうと、何も知らない者は思うだろうが、決してそうではない。

「何？　妻の為のドレス代が無い？」

「はい。公式行事や聖国から貴賓《きひん》をもてなす為の予算は全て退けてありますし、次の税徴収で国庫が潤ってもまた行事に使われるので、皇妃殿下がお求めになっている、宝石を散りばめたドレスなど購入は不可能かと」

「ならば税金を上げれば良いだろう？」

執務室で椅子に座りながら適当に書類に目を通していく男の、さも当然と言わんばかりの言葉に文官は愕然とする。

文官は平民出身者だ。一国民として故郷である帝都の民の為に何かできないかという高い志を胸に城に仕え始めた。

しかし現実は理想とは程遠いものだ。ただでさえ上がり続ける税に民は疲弊しているというのに、国の頂点に立つ男はそれに気付かず己の為だけに民を追い詰めようとしている。

「陛下、それだけはいけません！　ここ数年で税が上がり続けているというのに、これ以上は民の不満が爆発します！」

「何だ君は？　もしや私に妃の為のドレスなど不要と意見しようというのか⁉」

「いいえ！　もっと値段の落としたドレスを選んでいただきたいと――――」

「我が愛する妻を輝かせるために必要な事だ！　民が皇帝に尽くすのは当然の事であろう⁉」

癇癪《かんしゃく》と共に投げつけられたカップは文官の頭に直撃し、まだ入っていた紅茶が服に大きな染みを残す。

「やはり所詮は庶民、高貴なる者の在り方も理解できない凡骨だな！　出て行きたまえ。君の代わりは私が贔屓にしている名家の優秀な者に頼むとするから、君は二度と私の城の門を潜るな！」

「っ！　～～～……っ！」

何か言いたげに顔を顰めた文官は、それを力一杯飲み込んで、何も言わずに執務室を出る。表情には失望と落胆をありありと映し、重い溜息を吐いていると、濡れたままの顔にハンカチが当てられる。

「大丈夫？　私の兄がとんだ暴挙を……」

「で、殿下……もしや、聞いておられたのですか？」

ハンカチの持ち主である煌びやかな金髪と空色の瞳を持つ少女は小さく頷く。

「……申し訳ありません、殿下。陛下のお諫めしようとしたのですが、力及ばずこの様です」

「そんなことは無い。貴方はとても良くやってくれた」

そう言って少女は封蝋《ふうろう》で閉じた封筒を文官に差し出す。

「これ、私からの紹介状が入っているの。同封している職場候補に差し出せば、貴方を召し抱えてくれるわ」

「……お気遣い、痛み入ります」

何時からか二、三枚は常備するようになった紹介状を受け取ると、今にも泣きそうな表情で頭を下げて城の門へと向かう文官だった者の背中を見つめ、少女は執務室の扉に視線を向ける。

『ふん！　優秀だと聞いていたがとんだ見込み違いのようだな！　私と妻の要望に応えてこその文官だろうに！』

頭の悪い怒鳴り声を聞きながら、随分と大きな独り言だなと、少女は他人事のように思う。事実本当に他人事ならどれだけ良かったかと。

『そんな事よりも私の後継者だ。それをどうにかしなければ……！』

少女の肩がピクリと上下する。

『どこかに居ないものだろうか……この私の血を引く、次の皇位継承者が――』

扉でくぐもった声の全てを聞くことはしなかった。だが、男が何を言っているのかは大体見当が付いている少女は掠れた様な声で呟く。

「……全てにおいて相応しい人を貶めたから、こうして悩むことになるのです」

授業参観

まるで文官や事務職が着用するような着慣れないレディーススーツに袖を通し、シャーリィは鏡の前で髪型を整える。

普段は私服の下に鎖帷子を着て仕事に出るシャーリィだが、これから赴くのは何時もよりも礼節を必要とする場、必然的に華美過ぎず、地味すぎない衣服を選んだのだ。

白のカッターシャツの上に黒を基調としたジャケット、普段は履くことのないスラックスに身を包んだ彼女は、何処からどう見ても冒険者では無く文官の類である。

普段は縛る事のない腰まで届く流麗な白髪を後ろで一束に纏め、大人らしい黒いシュシュは彼女の白さをより一層際立たせる。

「ふむ……こんなものですね」

姿見鏡の前で左右に体を捻り、可笑しなところが無いかを確認。雪すら欺《あざむ》く白い髪と肌に黒の衣装は調和し、もう少し身長と表情の凛々しさがあれば麗人と見られるかもしれない。

もっとも、スーツの上からでも明らかの女性と分かる豊かな胸の膨らみと、端正であり女性的な顔立ちではそうは見えないが。

「さぁ、行きましょうか」

ソフィーとティオは既に居ない。いつも通りに民間学校へと通学し、シャーリィは心配を抑えてギルドへ向かうのだが、今日だけは違った。

「おっ！　気合が入ってるじゃないかい。そういえば今日だったね」

「えぇ、今日です」

タオレ荘の入り口前で掃き掃除をしていたマーサに短く返答し、シャーリィはまるで強大な敵を前にしたかのような気合と共に遠く離れた校舎を二色の眼で見据える。

「待ちに待った授業参観日は」

竜王の討伐は王国政府の意向により、襲来したことも討伐されたことも公表されなかった。ただ冒険者たちが酒の席で零す会話がそっと世間に流れ始めた時、件の竜王をたった一人で倒したシャーリィは無事、授業参観日を予定通りに迎える事が出来たのだ。

「今日という今日は本当に楽しみにしていたのです。普段は学校敷地内に入らないようにしていましたから」

変な噂を立てて愛娘たちに余計な悪評を立てないようにと、シャーリィは学校での様子が気になりながらも覗き見たり忍び込んだりすることは無かった。

しかし今日ばかりは、学校側から見学に来ないかという誘い。日頃から溜まっていた鬱憤《うっぷん》を存分に晴らす為、娘たちの学校での様子を穴が開くほど見つめても良いという素晴らしい日なのだ。

「……それに、娘に集る異性《ハエ》の様子も見れますしね」

「アンタ結構な粘着質だね⁉」

Sランク冒険者すら震え上がらせる殺気が、何も持っていないように見える右手に収束していく気配をマーサは感じ取る。

結構前に朝食の席で聞いた話だが、ソフィーとティオは随分モテるらしい。幸い、今の彼女たちは恋愛に興味がないようだが、それを理由に娘を手籠めにしようとする不埒者《ふらちもの》を許すほど、シャーリィの心は広くない。

「そもそもあの子たちに男女関係などまだ早すぎる世界です。ここは私がしっかりと見極めないと」

「言っとくけど、傷害沙汰だけは起こすんじゃないよ」

もし娘たちにセクハラまがいの悪戯《いたずら》や明確な好意を示す男子生徒が居れば、一生消える事のないトラウマでも植え付けるのではないかと、マーサは既に殺気立つシャーリィの背中を不安げに見送るのだった。

辺境の街に建設された民間学校は、約四十人で二クラスが構成された学年が三つある、王国では比較的大きな学校である。

開拓を目的に興《おこ》された冒険者の街にそれだけの子供が集まるのは、元々この地に建てられていた大型孤児院が大きな理由だ。

親の死と言うものは今の世の中珍しくはない。それが冒険者や兵士なら尚の事だろう。学が必要なこの時代に生まれた子供たちが将来進む道の選択肢を増やす為、孤児院と結託したギルドマスターの支援によって建設された学校にはシャーリィの愛娘たちも通っている。

「うわぁ……マジで来やがったよウチの母ちゃん」

「あ！　お父さん来てくれたんだ」

「はぁ……来なくていいって言ったのに」

そして今日の授業参観、教室に集まり始めた父兄に生徒たちは恥ずかしがったり、内心嬉しがったりと十人十色の反応を示し、保護者たちは普段見る事のない学校の光景を興味深そうに眺める。

「わぁ……あの人綺麗……」

「え？　誰のお母さん？」

そんな中で最も注目を集めているのがシャーリィである。保護者の中で一人だけ否応が無く目立つ容姿。よく似た容姿を持つソフィーとティオにまで視線が送られ始め、どこか気恥ずかしそうに身を捩《よじ》る。

「あの白い髪って……もしかして二人の？」

「ん。まぁね」

「すっごいそっくり！　二人も将来ああいう風になるのかな？」

注目を集める母を内心で誇らしげにするソフィーとティオ。こうして褒められたり、周囲と比べても飛び抜けて美しい母は秘かな自慢なのである。

「いやぁ、随分お若いですね。一体どちらの子のお姉さんで？」

「いえ、私は母なのですが」

「何と!?　随分お若くいらっしゃる……どうです？　今度僕と一緒に子供の教育論でも……あだぁっ!?」

男性に積極的に話しかけられる（中には隣にいる女性に足を踏まれる者も居たが）シャーリィが

こちらの視線に気づき、軽く手を振ってきたので振り返すと、後ろから粗野な声が響いてきた。

「あれがお前らの母ちゃんかよ⁉　お前らと同じ白髪《しらが》じゃん！　三人揃って婆ちゃんみてぇな髪の毛しやがって！」

「むっ！」

クラスの男子の中でも一番体が大きく、影響力のある生徒……所謂ガキ大将と呼ばれる問題児、マルコだ。

入学当初から何かにつけてソフィーとティオにちょっかいを掛け、対立することの多い少年である。

「だから私たちは白髪《はくはつ》だってば！　ホントにデリカシー無いんだから！」

「へへーんだ！　どっちも同じだろ⁉　この真っ白バ……っ！？！？」

母親諸共貶められて、流石のソフィーも怒りを露わにする。そんな彼女に様子を見て、余計に調子に乗って更に挑発しようとしたが、突如背中に氷柱でも刺しこまれたかのような寒気を覚えて言葉が詰まる。

「？　どうしたの？」

「いや……今なんかすげぇ寒気が……？」

心臓が一気に縮み上がったかのような気分になって、マルコはすっかり勢いを無くして首を傾げる。その時、丁度担任教師が教室に入ってきて授業が始まったので席に戻ったが、竦み上がる感覚の正体に気付いた様子はない。

（あれが例のマルコ少年……あらゆる意味で要注意人物にするべきですね）

話には聞いていた。何時も意地の悪い事ばかり言ってくるクラスメイトの愚痴《ぐち》を。それが好意の裏返しかどうかは判断付きかねるが、どちらにせよ理由のない非難を浴びせていることには変わりはない。

（他にも頻繁に娘に視線を送る男子生徒が三人……このクラス以外も含めれば更に多いでしょうか？　その中のどれだけの人数が、娘にふしだらな感情を……？）

性格上、口に出すことは無いが、シャーリィにとって娘たちは天使である。その天使を汚そうとする輩はたとえ子供であろうとも容赦はしない……牽制が必要だ。

そう、今日の授業参観は娘二人の様子を見ることが主目的だが、それと同時にちょっかいを掛ける男子生徒を見分けることも目的なのだ。

「それじゃあ授業始めるぞー。あ、保護者の皆さんはそのまま教室の後ろで見学してください」

（取り合えず、娘たちの方に集中しつつ周囲に気を配るとしましょう）

こうして、娘に近寄る男を漏れなくロックオンする《白の剣鬼》が見守る中、授業参観が開始された。

授業参観の予定は二限分……一時限五十分で合計百分あり、前半は歴史の授業、後半はグラウンドで体育となっている。

担任教師が黒板に白墨で歴史の事象を分かりやすく解釈したものを記し、それを板書する生徒たち。普段通りに真面目に授業を受ける生徒もいれば、親が見ている手前、板書だけはと無理している普段不真面目な生徒。

「…………っ!!」

そんな中、三脚まで用意された本格的な大型映写機のシャッターを一心不乱に押しまくる白髪の女が一人。一応授業の妨げにならないようにフラッシュは焚かず、《サイレンス》の魔術を付加してはいるが、明らかに気を遣う場所を間違えている。

(やめてママ！　流石に映写機まで撮られるのは恥ずかしい……！)

(……勘弁)

担任教師の表情は引きつり、周囲は若干引いている教室の中、これにはソフィーとティオも顔から火が出る思いだ。あんな本格的な映写機、いったいどこから調達してきたというのか。

「あの━……流石に映写機での撮影は……」

「説明用紙には映写機の持ち込みは禁止されていませんでした」

顔が引きつっている担任教師を一睨みしながらバッサリと言い捨てるシャーリィ。今の彼女はあまり正気ではない、公然と普段見られない娘たちの姿を前にして完全に舞い上がっている状態だ。

「……ま、前の授業で教えた通り、王国歴二四一年、公国との海戦で難破したダイダロス将軍は幸運にも商国に、王国民として初めて辿り着いた。その五年後、将軍は商国の大使を引き連れて王国へと帰還するんだが、これら一連の事件を何と言うか……ソフィー、答えてみろ」

「は、はい」

注意してもこちらの不備を突かれた担任教師はシャーリィを諫めることを諦め、授業続行を選択。指名されて椅子から立ち上がるソフィー。必然、シャーリィの二色の眼が鋭く光る。

(今こそシャッターチャンス……！)

シャーリィは目にも止まらぬ速さで駆け出す。

「バルドロス海域の幸運です」

「そう！　運よく商国に流れ着いただけでも幸運なのに、バルドロス海域は魔物が非常に多い海域でもあり――――」

音も無く、光も無く、影も残さずあらゆる角度から十回シャッターを切る。そして誰にも気付かれぬ内に元居た場所に素知らぬ顔で戻り、次に眠気を抑えながら必死に授業に食らいつくティオも同じように写真を撮る。

ホクホクとした無表情でご満悦のシャーリィ。この間、僅か一秒にも満たない。生徒、教師、保護者の眼を速さのみで欺いた、実に堂々とした盗撮である。

「…………っ！」

もっとも、後ろで既に堂々と撮影しているので、今更盗撮もなにもないが。

「帰りまでバルドロス海域を通ってきたダイダロス将軍。実はこの時、将軍は商国由来の画期的な航海術で魔物だらけの海を渡ってきたんだが……これはまだ授業でやってないが、答えられる奴はいるか？」

授業でやっていないところまで答えられるかと、殆どの生徒が沈黙する中。ただ一人ソフィーが控えめに手を挙げるのを見て、再び彼女を指名する。

「魔物が嫌いな臭いを放つ魔硝石《ましょうせき》を網に入れて船から海に垂らす。今でも漁師や海に出る冒険者の間でも使われている技法です」

「正解だ。よく予習しているな」

おぉ……と、周囲から感嘆の声が漏れる。視線を集めて照れくさそうにするソフィーが、隣の席に座るミラに小声で褒められていたのもシャーリィは聞き逃さない。

（あの白い髪の子、随分利発《りはつ》なのねぇ。それにどこか品が良さそう）

（もしかして、貴女の娘さん？　授業でやってないところまで分かっているなんて、お母さんの教育の賜物《たまもの》かしら？）

（いいえ。あの子が自発的に勉強しただけです。私は特に何も）

（偉いわぁ……ウチの子なんかすぐに宿題サボるし）

特徴的な容姿ゆえに小声で話しかけられ、それに対して小声で返すシャーリィは、内心鼻高々である。外交関連の歴史では有名なエピソードだが、庶民の子供に答えられる者はそう多くはない。授業で習っていないのなら尚更だ。

それを難なく答えて周囲から称賛を浴びる。思わず癖になってしまいそうな誇らしさだ。色眼鏡を何十にも重ねて、私の娘は天才だったかと陶酔《とうすい》してしまうほどには。

（あの人、どんだけフィルム持ち込んでるんだ？　もう百回くらいシャッター押してないか？）

（あはは……シャーリィさんが二人のこと大好きなのは知ってるけど……）

（……後で説教）

そしてその間も写真を撮り続けるシャーリィに呆れた声を漏らす友人たちの言葉に、後で一言物申すと心に固く誓うソフィーとティオ。その時は図らずともやってきた。

「それでは、保護者の方はお子さんと一緒にこのテスト用紙を解いていってみてください」

保護者も授業に参加させようという担任教師の心遣いに、シャーリィはティオとソフィーがいる机まで上機嫌で歩いてきたが、そこに待っていたのは明らかな非難の目。

「ママ、もう映写機禁止」

「!?」

「いや、そんな馬鹿な!?　みたいな顔してもダメだからね!?」

「き、貴重な一日の写真なのです。まだまだフィルムも残っていますし……」

「ダメなものはダメ。わたしたちだって恥ずかしいし」

「うぅ……」

娘に嫌がられては流石にこれ以上撮ることはできない。シャーリィは泣く泣く映写機一式をしまうと、ソフィーたちの机に戻ってきた。担任教師がホッとした表情を浮かべたのは気のせいではないだろう。

「……それで、テストの内容は……？」

「そんなあからさまに落ち込まなくても……」

「ん。そんなことより、これなんだけど」

そんなシャーリィを気に留めず、机に置かれたテスト用紙を見せるティオ。

「あぁ、十年戦役の。これはですね……」

こうして親バカは鎮圧され、授業に平和が戻った。しかし、シャーリィとしては写真が撮れなくなってしまったのが痛い。光景を残せないのなら、せめてその分応援をしてやりたいが、生憎彼女は授業中に大声を上げるような性格ではない。……カメラは別として。

(ならばせめて誰にも気づかれないように応援しましょう)

そんな矛盾した考えを抱きながら、彼女はそっと魔術を発動させる。

「それじゃあティオ、前に教えた王国歴二六三年、時の国王アーガードの主な経済政策を三つ答えてみてくれ」

「えっと……納税維持令に高齢保護令……それから、えっと……」

(農地貸し出し役場の三つです)

「あ、そうだった。農地貸し出し役場の三つ……っ!?」

土地全頭の中に響いてきた母の声に、ティオは思わず左右を確認した後、後ろに控えている母を見る。

(ちょっとどういうこと!?　頭の中にママの声が響いてるんだけど!?)

続いて姉の声が頭の中で響く。ソフィーの方を見てみれば、声こそ何とか抑えてはいるが、目に見えて狼狽えていて、隣の席のクラスメイトから不審な目で見られている。

（念話の魔術です。ただ見ているだけというのももどかしいので、これで気兼ねなく応援しようかと）

（な、何て魔術の無駄遣い。正直、やられる側としては心臓が飛び出るかと思ったんだけど……）

（一応、今授業中だから答え言われるのも困りものなんだけどね）

誰も気づきようもない、念波での会話を繰り広げる母娘三人。傍から見れば大人しくしているが、内心では大騒ぎだ。

（もう……映写機は止めてもらったから良いけど、今は授業中だからあまり話しかけたら駄目だからね？）

（えぇ、もちろん。……ところでソフィー、ノートを書き間違えてはいませんか？　王国歴二六三年が二六二年になっていますよ）

（え？……あ！　ホントだ！）

（あ、応援ってそういう意味……ところでお母さん、さっき先生の説明、意味が分からなかったんだけど……）

（あぁ、そこはですね……）

あまり拒否し続けると可哀そうだし。そう考えて結局、担任教師の講義を聴きながらシャーリィの補足が入る形で授業を受けることになったソフィーとティオ。一緒に勉強しているような気がして満更でもない気持ちを味わっていたシャーリィだが、ふとあることに気が付いた。

（む？）

時折念話で会話しながら周囲から一目置かれているソフィーや、苦手な勉強でも頑張っているティオを眩そうに眺めていると、何やら面白くなさそうな顔のマルコが消しゴムを爪先で削り、せっせと集めている。

「へへ」

そのうちの一つを掴み、ソフィーに目掛けて投げつけようとした瞬間――

「かぺっ？」

一瞬で背後に移動したシャーリィがマルコの意識を断ち、さもノートを取っていますと言わんばかりの姿勢を取らせると、周囲に気付かれない内に元居た場所へと戻る。

（彼がどういう意図を持っているか判断できませんが……何故でしょう、苛めとは別の意味で危険な予感がありますす）

その後、クラスの悪ガキに目を付けた剣鬼が周囲に気付かれることなく移動しては、娘に向かって投げられた消しカスなどを弾き返したり、他にちょっかいを掛けようとする生徒を殺気で黙らせたりと、神速で暗躍しているのに気付く者はいなかった。

孤児院で育ったマルコは、同年代の男の子たちの中心にいる少年である。声の大きさ、体の大きさ、態度の大きさで同類の悪ガキを纏め上げたマルコは、九歳の時に入学した学校でも同じように過ごそうと考えていた。

お前のものは俺のもの、女が男の世界に入るんじゃねぇ！　といった具合に、幼さ故の典型的な暴君気質と男尊女卑気質で早くも自分の派閥とそれ以外の生徒との間に溝を作っていたマルコだが、ある日彼の価値観が揺るがされることとなる。

世にも美しい白髪と宝石のような瞳を持った双子の姉妹、ソフィーとティオ。適当に受け流す妹はともかく、多少気の強い女が居ても大声と暴力で追い払ってきたマルコにとって、ソフィーは決して動じずに堂々と立ち向かってくる生意気な女なのだ。

（しかも、あんな綺麗な母ちゃんまで居るなんてずるいんだよ……！）

彼の両親はもうこの世に居ない。冒険者として魔物と戦い、見事に散っていったと聞いた。それに対してソフィーは自分と同じ冒険者の母を持ちながら、今でも共に暮らしている。

その母も異常なまでに美しく、途轍《とてつ》もなく凄腕であると誇らしげに語る彼女は、マルコにとって非常に気に入らない相手であり、あらゆる意味で負けたくない相手であり、初めてあの蒼い瞳を見た時から無性に気になる女の子なのだ。

そんな彼女には勉強という面で大きく負けている。ならばせめて運動で勝ちたいというのが男心。これでも冒険者の血が流れる男子、体格に優れていることもあって、そんじょそこらの女子に負けるつもりは無いと自負していたが――

「ティオちゃーんっ！」

「男子なんかやっちゃえーっ！」

こと運動においては、ティオが圧倒していた所為で、マルコ含めた男子生徒一同は見せ場が無い。

地面に描かれた二分された長方形の中で二手に分かれ、布球をぶつけ合って最後の一人になるまで続けるチーム遊びは、今学校に通う子供たちの間でも人気で、学校の体育の時間でも行われている。

「ぶつけ合うと言っても、体にあたる前に手で受け止めてしまえば退場にはならないのですね」

初めはボールをぶつけ合う遊びと聞いて学校に乗り込もうとしたシャーリィ。使用するのが柔らかく軽い布球であると聞いて大人しくなったが、確かに軽い上に一抱えある大きさなので、速度は出ない。

「うわっ⁉」

「くそっ！　ティオ一人にどんだけやられてんだ……よっ‼」

「ん。キャッチ」

男子対女子の構図で行われる玉遊び。人数は互角だが男子の方が力も体力もあるので一見有利に聞こえるが、実際は女子……もっと言えばティオに対するハンデである。

華奢な体からは考えられない球速で次々と男子生徒を退場に追い込み、反撃に転じた男子生徒の球を難なく受け止められる女子生徒など、彼女くらいなものだ。

「はい」

「ありがとー。えいっ！」

たった一人で相手にしても他の女子が退屈だろうからとボールを渡したり、ティオ以外を狙ったボールまでカバーする。十歳にしては反則的な運動能力だ。

「いやー、ティオが居てくれるお陰で私らも楽できるわー」

「ティオっちー、次アタシねー」

「二人とも……座るのはどうかと思うよ……？」

リーシャとチェルシーに至っては座り込み、本当に動き回る遊びなのかと疑いたくなる。それほどまでに白髪の双子の妹は圧倒的だった。

「ティオが……あんなにも周囲から頼りにされて……！」

一方その頃、シャーリィは娘の意外な一面に感動していた。普段は身嗜みに無頓着で母や姉に世話を焼かれている末の子が、学校の体育ではこんなにも頼りにされているのかと、邪魔にならないように神速で、至近距離からその勇姿を二色の瞳と記憶に焼き付けながら、目尻に涙を浮かべる。

「ティオ、なんかいつもより気合入ってる？」

「……ぶい」

そんな彼女が保護者たちと同じ場所に居る時にピースサインを送ってくるティオ。何時も通り眠たそうな眼をしながら、自慢気な様子の娘に軽く手を振る。

「だー！　もう俺だけかよっ!?」

そして男子側は九人場外送りとなり、残るはマルコただ一人となった。ちなみに女子の脱落者は皆無である。

「マルコー！　何とかしてティオに当てろー！　そうすりゃ後は女子ばっかりだー！」

親の前で女子に一方的にやられてしまった男子たちは外野から声を張り上げるが、シャーリィが絶対零度の視線を向けた瞬間、何故か声が出なくなって困惑する少年たち。

（まるでティオが女性じゃないような言い方はしないで欲しいものです）

一方、完全に追い詰められたマルコは焦っていた。何時もティオに体育で負け、ソフィーの関心を買えないことが不満であるというのに、孤児院の先生の前でまで格好の付かないことはしたくない。

「……来ないの？　早く投げてくれないと進まないんだけど？」

でもこんなのどうしろと？　子供の規格を逸脱したティオを前に出来ることなど、マルコには限られていた。

「ま、負けるかああああああああああああっ!!」

すなわち玉砕特攻。せめて最後は男らしく飾ろうと、大きく振りかぶって全力で投げようとするが、力を入れ過ぎて布球がすっぽ抜けてしまった。

「お母さん……っ」

勢いが付いた布球はシャーリィの頭を目掛けて飛来する。誰もが反応しきれない中、娘二人を見るのに夢中なシャーリィはそれに気付くことなく直撃するかと思われたが――

「え？」

なんと布球に一切視線を寄こさないまま片手で掴むシャーリィ。反射的に掴んだのが布球だと気付いて一瞬困惑するが、ソフィーやティオが手を振って母を誘導する。

「ママ！　こっち！」

「あ、はい」

そう言われて思わず投げ渡すシャーリィ。乾坤一擲《けんこんいってき》の一球が見当外れな方向に飛んでいった挙句、それをティオに渡されてなす術も無くボールを当てられるという、なんとも締まらない最期を迎えるのであった。

「まったくもう！　映写機取り出した時は本当に恥ずかしかったんだから！」

「ああいうのは羞恥プレイっていうんだと思う」

「羞恥……ぷれい？　というのはよく分かりませんが……正直、今までにない体験で冷静さを欠いていたのは自覚しています」

その日の放課後、珍しく生徒たちが保護者と共に帰路につく中、シャーリィは膨れっ面のソフィーと、ゲンナリとした顔のティオに挟まれながら、申し訳なさそうな表情を浮かべていた。

在学時に一度の授業参観の感想は、第一に恥ずかしかったことと、第二に念話で驚いたり呆れたりしたという事か。取れる手段の多い大人が暴走したときの厄介さが身に染みた一日である。

「まぁ、わたしは結構新鮮だったから良いけどね。教室にお母さんがいるなんてそうあることじゃないし」

多くのクラスメイトたちは、親に授業態度を監視されているような気がすると愚痴を零していた。

ソフィーとティオは念話があった分、より強くその感覚を味わっていたのだが、基本的には二人とも真面目だ。親に見られて緊張するような積み重ねはしていない。

「……私としては、二限目の体育を撮影できなかったことが大変遺憾ですが」

「体育なら今年の運動会で撮ればいいでしょ？　ていうか、去年私たちの写真すっごい撮ってたじゃない」

「いえ、あれはあくまで運動会の写真であって、授業参観の写真はまた別なのです」

「ん……言おうとしていることは何となく分かるけど……」

女が三人揃えば姦《かしま》しいとよく言われる。初めて見た日常風景のおかげか、シャーリィの質問の種は尽きることはなく、母娘は絶え間なく楽しげに語りあう。

担任教師は抜き打ちテストが多いとか、マルコがいつもからかってくるとか、放課後や休日に遊んだことのない、学校内での友人の話とか、話にしか聞いたことのない人々の話で盛り上がっているとき、ソフィーはポツリと呟いた。

「そういえばママ、色んな男の人に声かけられてたよね」

「？　そう、でしょうか？　女性の方にも声を掛けられた覚えはありますが」

シャーリィが教室に現れてからというもの、彼女が娘に近寄る男子に（手加減しているとはいえ）殺気を送り、牽制すると同時に顔を覚えて注意人物と記憶する中、娘は娘でやきもきしていた。

『へぇ……あの目立つ二人のお母さんでしたか。どうです？　この後食事にでも』

『ソフィーとティオの母ちゃん、超胸デケェよな……でへへ』

『あれで二人の子持ちかぁ……うん、それでもお近づきに……』

主に独身男性やら下心が芽生えた男子やらからシャーリィに向けられた言葉は大体こんな感じであり、娘としては遺憾の意を表明せざるを得ない。

冒険者関連の付き合いはそれなりにあるが、こと一般人との付き合いは学校以外ほぼ絶無のシャーリィは、今回初めて一保護者として面識を広げたのだが、群がるのは鼻の下を伸ばした男ばかり。

「ねぇ、お母さんって結婚したりするの？」

「何ですか？　突然そんな事を言い出して」

授業参観の全日程が終了し、放課後のホームルームを終えて共に帰宅していると、ティオがそんな事を聞いてきた。

「結婚など考えたこともありませんが……いきなりどうしたのですか？」

「ううん、何か今日のママはやけに話しかけられてるなって思って」

「単なる社交辞令でしょう。保護者同士なのですから会話くらいのものがあるのでは？……よく分かりませんが」

「ふーん、そっか」

男に対する無警戒さが滲み出る台詞には不安を覚えるが、ある程度期待通りの返答でとりあえず満足する。流石によく知りもしない男と母が付き合い始めるなど、あまり考えたくはないのだ。

「それよりも今日初めて学校での様子を見させてもらいましたが……何時も頑張っているようで何よりです」

「ん、まぁね」

「お金出してくれてるのに適当なこと出来ないし」

「謙遜することはありませんよ」

長く共に過ごしてきた母娘だが、学校という場で初めて見た互いの知らないところを発見し、どこか嬉しそうに手を繋ぐ。

「さぁ、帰りましょう。私たちの家に」

落陽に照らされながら、白髪の母娘三人は慣れ親しんだ我が家へと戻っていった。

あとがき

クールと見せかけて、内心では子供にデレデレ。そんなギャップを描いた主人公、いかがでしたでしょうか？

著者の経歴ですが、病院→老人ホーム→工場→老人ホーム→工場と五～六年ほど職場に馴染めないどころかどれも適性のようなものが無く、転々としていて辿り着いたのが作家活動。普段は清掃のバイト（通常の企業の半分以下の勤務時間）をしながら小説を書く今の生活を三年以上続けていますが、これ以上にないくらい充実した暮らしです。

そんな著者は子供の頃から漫画や小説、ゲームにアニメが大好きで、よく妄想の中で作品の登場人物になりきったり、それらが高じて完全オリジナル作品である『元むす』の発売へと至りました。

そしてこの主人公の設定を後書きの場を借りて明かしますと、実はシャーリィは元々、とあるゲームをきっかけに着想を得て、まったく世界観が違う作品の登場人物として考えていたキャラだったんです。

初期の構想は元貴族令嬢で顔に傷を負い、片腕を無くした十七歳の病弱喀血系連続殺人鬼《シリアルキラー》でしたが、物語が始まる二年前にスラム放浪中に不意を打たれて無頼漢に強姦されます。その無頼漢は殺害したのですが、その際に妊娠してしまい、僅か十五歳の母になってしまうのです。

戸惑い、鬱陶しく感じながらもなぜか堕胎することを心が拒否し、結局そのまま生んで、生まれたばかりの娘に絆され、自らの悪名が影響しない形で信用できる誰かに娘を託そうと行動する中で、主人公たちと深く関わっていくって感じの。

この時はシャーリィという名前ではありませんでしたし、外見こそ酷似していますがオッドアイでもありませんでした。生まれてくる娘も一人で僅か一歳。ツンデレどころか愛ゆえに娘を突き放したような態度を周囲に見せるツンドラ娘でした。

そんな著者の妄想の産物を小説家になろう用に再構築し、まろ様によって形を得たのがシャーリィです。

気分的には、まさに頭の中で育ち続けた胎児が生まれた気分。まさに感無量でした。著者は結婚こそしていませんが、自分の子供が生まれるのってこういう気分だったんだろうなぁ……と、親の気持ちが少し理解できました。

その感覚が忘れられず、現在第二巻目を鋭意制作中。最後に、この本の制作に関わってくれた方々、何より、お手にとっていただいた皆様、ありがとうございます。どうかこれからも応援よろしくお願いしましします！

帝国を見舞った深刻な後継者問題。

皇帝アルベルト（シャーリィの元婚約者）はシャーリィの娘、ティオとソフィーに目を付ける。

次々に現れる帝国からの刺客たち。

だが、当然娘LOVEのシャーリィがそれを許す筈もなく……。

次回、白の剣鬼が憤激を以って悪を成敗する帝国ざまぁ編!!!

第2巻2019年春発売予定!

娘たちは
誰にも
渡しません！
もっとママと
一緒に居たい
……！
元貴族令嬢で未婚の母ですが、
娘たちが可愛すぎて
冒険者業も苦になりません II
Author 大小判 まろ Illustration

予告!!
駆け落ち神官と癒しの聖女様の
純愛甘々ファンタジー
2019年
1月10日発売!
2万字の
書き下ろし中編
収録!
聖女様を
甘やかしたい!
ただし勇者、お前はダメだ
著：戸津秋太　イラスト：fame

新作
第六回ネット小説大賞受賞作！
冴えないおっさん猟師×最強勇者の姪が描く
ハートフル冒険ファンタジー！
2019年2月9日発売！
大増量6万字の書き下ろし長編収録！
拝啓、天国の姉さん…
勇者になった姪が強すぎて
――叔父さん…保護者とかそろそろ無理です。
著：LA軍　イラスト：三登いつき

元貴族令嬢で未婚の母ですが、娘たちが可愛すぎて冒険者業も苦になりません

2019年1月1日　第1刷発行

著　者　大小判

発行者　本田武市

発行所　TOブックス
〒150-0045
東京都渋谷区神泉町18-8　松濤ハイツ2F
TEL 03-6452-5766（編集）
0120-933-772（営業フリーダイヤル）
FAX 050-3156-0508
ホームページ　http://www.tobooks.jp
メール　info@tobooks.jp

印刷・製本　中央精版印刷株式会社

ISBN978-4-86472-761-7

郵便はがき

料金受取人払郵便

日本橋局
承認

7543

差出有効期間
2021年12月
31日まで

切手をお貼りになる
必要はございません。

103-8790

953

中央区日本橋小伝馬町15-18
ユニゾ小伝馬町ビル9階
総合法令出版株式会社 行

本書のご購入、ご愛読ありがとうございました。
今後の出版企画の参考とさせていただきますので、ぜひご意見をお聞かせください。

フリガナ お名前	性別 男・女	年齢 歳
ご住所 〒 TEL （ ）		
ご職業 1.学生 2.会社員・公務員 3.会社・団体役員 4.教員 5.自営業 6.主婦 7.無職 8.その他（ ）		

メールアドレスを記載下さった方から、毎月5名様に書籍1冊プレゼント！

新刊やイベントの情報などをお知らせする場合に使用させていただきます。

※書籍プレゼントご希望の方は、下記にメールアドレスと希望ジャンルをご記入ください。書籍へのご応募は1度限り、発送にはお時間をいただく場合がございます。結果は発送をもってかえさせていただきます。

希望ジャンル：☐ 自己啓発 ☐ ビジネス ☐ スピリチュアル ☐ 実用

E-MAILアドレス ※携帯電話のメールアドレスには対応しておりません。

お買い求めいただいた本のタイトル

■お買い求めいただいた書店名

(　　　　　　　　　　　)市区町村 (　　　　　　　　　　　)書店

■この本を最初に何でお知りになりましたか

□ 書店で実物を見て　□ 雑誌で見て(雑誌名　　　　　　　　　　　)
□ 新聞で見て(　　　　　　新聞)　□ 家族や友人にすすめられて
総合法令出版の(□ HP、□ Facebook、□ twitter)を見て
□ その他(　　　　　　　　　　　　　　　　　)

■お買い求めいただいた動機は何ですか(複数回答も可)

□ この著者の作品が好きだから　□ 興味のあるテーマだったから
□ タイトルに惹かれて　□ 表紙に惹かれて　□ 帯の文章に惹かれて
□ その他(　　　　　　　　　　　　　　　　　)

■この本について感想をお聞かせください

(表紙・本文デザイン、タイトル、価格、内容など)

(掲載される場合のペンネーム:　　　　　　　　)

■最近、お読みになった本で面白かったものは何ですか?

■最近気になっているテーマ・著者、ご意見があればお書きください

ご協力ありがとうございました。いただいたご感想を匿名で広告等に掲載させていただくことがございます。匿名での使用も希望されない場合はチェックをお願いします☐
いただいた情報を、上記の小社の目的以外に使用することはありません。